看完电影，有人极尽脑汁去讥讽导演的弱智，或赞叹导演的机智，自以为是地告诉大家什么叫电影。有人触影生情，聊赋一格，极尽暖意，延伸人生，善意地倾诉对此情此景的感受。比起好为人师来，我更喜欢后者。因为，这是朋友。

——高群书

只愿你曾被这世界温柔相待

水木丁 著

北京出版集团
北京十月文艺出版社

新经典文化股份有限公司
www.readinglife.com
出　品

再版序　灵魂认识灵魂

人也许不认识人，但灵魂认识灵魂。

2012 年，我的《只愿你曾被这世界温柔相待》出版。这是我的第二本书。在此之前，我曾经出过一本情感回信集。

出第一本书时，我的图书编辑是把两本书一起报给了图书公司，但是为一个名不见经传的作者出书，风险太大。而且这本书又是一本电影随笔，图书公司觉得太过小众，最后还是选中了更能被普遍接受的情感回信集。

后来回信集的编辑就跟我商量，当时“只愿你曾被这世界温柔相待”一文在豆瓣上已经很受欢迎，能不能用这个标题来作那本情感回信集的书名，我拒绝了。

因为这篇文章是写给我爸爸的，这句话，也是送给我爸爸的。对于我来说，它不仅仅是一个书名而已，所以它必须和这篇文章在一起。

让我意想不到的是，两年后，这本书出版，反响竟然也不错，超出了我的预期。

我爸爸是在2007年去世的。第二年，《入殓师》获得了奥斯卡最佳外语片奖，我看完之后，写下了这篇文章。

我这个人是有点迷信的，总相信人和人之间讲缘分。人和电影之间也是这样，在什么时候，看到什么电影，也像是一场相遇。

就好像你会在人生的某个际遇的当下，选择去看某一部电影，得到什么样的慰籍，都是冥冥中自有天意。有时候我甚至相信，那也是神明向你传递某种信息的方式。

所以后来，我一直觉得这是冥冥之中已经离世的父亲在保佑我。

所以我去看电影，也从来不会去追赶热点，不会为了加入热门的讨论，更不会为了增加看片量而看。

如果那样，你就会听不到心里的召唤，随波逐流，错过那些对你自己来说真正好的电影了。

今年是这本书出版的第十年。再版这本书，除了新增三万多字的新文章，对从前的一些文章也做了一些修订。

去掉了一些不再重要的文章，留下的，写的都是曾经对我有着深远影响、重大启发的电影。有些电影，可以说是影响了我一生。

我很喜欢牙买加作家马龙·詹姆斯的一句话：“人也许不认识人，但灵魂认识灵魂。”

所以，如果有人问，你这部书讲到的电影，会不会过时了？

我想说，如果你把看电影当作一种时尚和流行，那它们是过时了。如果你把看电影当作一场偶遇和寻找，那么你会遇到一个懂你的伟大灵魂。

感受那心灵交会时的热泪盈眶，怎么会过时？

知道这世界，原来自己并不孤独，原来有和自己一样的灵魂，存在于这个世界上。这是神明的温柔相待。这怎么会过时？

这是值得永生记取的瞬间啊。

水木丁

2022 年 6 月 18 日

序 剧终人散之时，愿望永在

2006年我来到北京，除了一直在这个陌生的城市找工作，还带着这部关于电影的书稿，当时它不是现在这个长长的名字，而是书中的另一篇文章的题目。朋友给我介绍了一家政府机关直属的出版社，我带着书稿去拜访。

至今还记得当时的场景，在空空荡荡的办公室里，出版社的社长是一个马上要退休的秃顶的白胖老头儿，他的身体陷在领导们常坐的黑皮沙发里。我把打印好的书稿递给他，内心对封面那个大大的题目——“爱已做完 珍重再见”十分忐忑。老头儿不动声色地接过来看了看，笑眯眯地对我说了些鼓励的话。那天阳光灿烂，知了在我耳边叫。我当然被拒绝了，于是回来继续看电影继续写，就这样有了今天这本书，它如今改了名字，就像我也已经不再是从前的我一样。

看一部电影，然后写下点什么，这个习惯这么多年一直保持了下来。那时候没有豆瓣，也没有微博，写的东西也没什么人看，不在报纸杂志发表，也没有出书成册的希望，所以我其实并不知道自己为什么要做这个事儿，也许是从小就太孤单的缘故，习惯了自己跟自己玩，看电影如是，写作亦如是。

1990年的夏天，我在暑期的美术班学画，有一天，我邀请班上刚认识的朋友到家里做客，回到家，话还没说上两句，就接到北京来的电话。打电话的人是我哥哥的朋友，他先问我家里大人在不在，然后让我转告家里的大人，我父亲前天晚上入院，现在已经确诊脑出血、半身不遂。其实当时我并不知道这个病是什么意思，大概是他严肃的语气吓到我，我想我的爸爸可能要死了，于是放下电话就哭了起来，朋友看了不知所措，赶紧跟我告别，临走时还借走了我的两本杂志，后来一直也没还。

那一年暑假的后半部分我是在北京的医院里度过的，开学回到学校，我跟我最要好的几个朋友说我爸爸病了，朋友们随便“哦”了一下，不知道为什么，反倒嘲笑了我几句，就接着嘻嘻哈哈地去玩了，我在操场上使劲地仰着头，朝着阳光站了一会儿，把眼泪硬生生地憋了回去。心里暗暗发誓从此再也不和别人提这个事儿，也绝不会在别人面前为此掉一滴眼泪，这些后来我都做到了。

在这样的年纪生逢这样的变故，真的是很多事都想不通、想不明白，也不知道要跟谁去说、怎么说，我的内心里有许多痛苦，许多的为什么和不知所措，但也就这样一天天地长大了。

大人们无暇顾及你的情绪，朋友们也无法真正理解你的感受，唯一的慰藉就是读书看电影。一个人要如何看待死亡和疾病，看待生命，看待生活，如何去应对痛苦，忍受孤独，看待性与爱，看待女人和男人，这些我都是从电影中东一点西一点自学来的。

因此在出版这本书的时候，我和编辑商量，希望它不要被定义为一本影评集，它其实是一本随笔集，因为它说的并不是电影，不是这个导演手法如何，演员技巧如何，镜头的运用如何，3D 效果如何。而是生活，只是生活。

在电影院里做一个简单的看电影的人，这是当年一个孤单的孩子，在她小小的生命里遇到的最好的一件事，后来也一直都是。即使生活很多时候让我感到绝望，电影里的很多故事让我感到更绝望，但是有时候在别人的故事里哭过、笑过、死过又活过来，却总是让我再次鼓足勇气从黑暗中走出来，再往前走一走，继续地去试着活一下。

顾城说："这就是生命的愿望和生活的绝望。它们是无关的，无论生活多么绝望，也无损生命的愿望；愿望永在，超越一切苦难之上。所以我觉得，艺术重要的不在于述说生活的黑暗，而在于述说生命的美丽。"

我想对于我来说，这才是电影存在的意义——剧终人散之时，让愿望永在。这本书，记录的是生活的绝望和生命的愿望，记录了那些对我影响深刻的电影是如何让我在生活的黑暗之中看到了生命的美丽。我衷心地希望你在读完此书之后，也如我一样看得到。

水木丁

2012年8月27日

目录 · Contents

爱已做完　珍重再见

我们中了痛苦的毒

永远温暖的传奇

一只特立独行的文艺女青年

爱已做完
珍重再见

爱已做完　珍重再见

2005 年我真正期待过的电影并不多，《九首歌》是其中的一部。因为经常看电影，我会凭着本能而不是影评人的推荐去决定是否应对一部电影怀有期待，因此第一次知道《九首歌》这部电影的时候，吸引我的是它的剧照和小段预告片，而不是宣传所说的“九十分钟的性和摇滚乐”。

剧照很简单，只是一对男女在海边亲昵拥抱，海是灰色的，男女都是灰色的，但是爱情和青春是彩色的。那是在镜头之外，不容易被看见。那一小段预告片也很简单，剧照中的这对男女在床上做爱，钢琴的音符流泻，女人可爱的笑容，男人的画外音，说他爱这个女人，爱她男孩子一样的身体，她今年 21 岁。

于是我在我的博客上说，我想看这部电影，这不算是一种推荐，但我的一些朋友还是在看了我的博客后去看了这部电影。果不其然，他们大多数不喜欢。在九十分钟的电影里，只有男人和女人用各种方式去做爱，然后参加一场又一场的音乐会，然后分手。这样一部几乎没有故事的电影，对于大多数人来说很难接受，有人批评它说任何一种希望描述纯粹的爱情的尝试都是失败的，也有人说只把它当A片来看更合适。

这些我想我都可以理解，只是当你旁观一场爱情，你并不需要去和什么人讨论什么才是纯粹的爱情。爱是用来做的，不是用来讨论的，所以导演让你看他所理解的爱情，那么你就只要看着就可以了，然后爱情结束，然后你关上电视去睡觉，仅此而已。

我不能说我特别喜欢这部电影，我甚至选择性地跳过了一些镜头，但是这部电影却让我流了两次泪。一次是两个人正爱得热烈，他们在充满阳光的房子里做爱，窗外有很美丽的风景，一段安静的钢琴声不期然地响起，那些飘落的音符，仿佛是一段记忆。爱情正在进行，但是如果一个有心的旁观者听到这段音乐，就会知道，另外一个男人，那个拍了这部电影的男人，他在用钢琴告诉我，这一切都将成为一场回忆。

而电影另外一个让我动容之处，则是当这一切真的已经结束，男人在白雪皑皑的南极上空，突然想起女孩，一脸沉默，还是那段钢琴曲，仿佛昨天重新来到身边，比时的回忆真的就只是回忆了。你曾经留不住的，你预言别人也留不住而且他们真的也没有留住的爱情真的就这样过去了。你平静地目睹着这一切，甚至不会觉得特别激动，只是这巨大的苍凉如此轻飘地滑过你的生命，那一刻，面对着那些记忆里的画面和音符，我们如此安静，是因为我们都无言以对。那个拍电影的男人，他并不是只想给人讲述他所理解的性和摇滚乐，他想告诉人们的是他所感受到的爱情和生命和它们所带来的，巨大的空。

它让我想起很久以前认识的一个男人。他说，男人和女人之间的爱情，其实就是做爱这么一回事。但也就是这个男人，他从22岁开始正式谈恋爱，到了我认识他的32岁，整整十年里，换了很多女朋友，却还说自己在寻找真爱。

当年的我对他的理论颇不以为然，曾经认为他不是在撒谎，就是在为自己找借口，典型的男人式的借口。虽然我不是他的女朋友，却也为此而忿忿不平过。直到很多年后，大家都不再有联络的今天，我才明白，也许他只是过于坦诚地说出了爱情的本质，很冷酷，也很真实。就像在这部充满性和摇滚乐的电影里，没有人会注意到在奔放的激情和音乐之中，穿插的那段起画龙点睛作用的钢琴曲一样。在这场巨大的虚无里，当你从梦中醒来，你会发现，只有回忆是这冰冷的夜里唯一真实的可以陪伴你、让你取暖的东西。

爱情是无论如何都会死的吧，无所谓有没有婚姻这个形式。能让两个人长相厮守的东西，却常常是爱情以外的。互相依赖、互相习惯的是亲情，共同努力、共同进步的是伙伴，一起打天下、捞世界的是契约，在床上争夺权力、研究上位下位问题的是政治，我们有多少争吵是因为爱情本身？也许大多数是为了爱情以外的其他东西：前途，工资，房子，未来，男人是否是优质的长期饭票，女人是否道德完满、贤良淑德。而其实真正的男女之间的感情，也只是他们相遇，他们做爱，他们告别而已。

我像《九首歌》里的那个男人一样喜欢那个21岁、有着男孩般身体的女孩。就像有时候我会喜欢那些向死而生的人，也喜欢他们向死而生的爱情一样。只有尽情地死，才能忘情地生，我喜欢她爱情的方式，纯粹、简单，爱了就是爱了，不需要任何讨价还价、斤斤计较。作为女人，我一直以为她比故事里的那个男人更有勇气。

谁爱谁多一些，谁比谁多一些权力，谁该给谁承诺，谁该为谁改变……既然爱情终究要死去，那么，除了做爱，也只有做爱，可以让两颗灵魂紧紧拥抱在一起，而其他的一切，其实并不重要。

他们连争吵都没有，除了喜欢一起去听摇滚音乐会，就是做爱。这爱情太放肆，所以它才更像一个乌托邦的故事，不知道该怎么结束。王子和公主从此幸福地生活在一起，每天做爱？当然不会，于是在九首歌之后，他们分了手，她学习结束，回到自己的国家去，他们在男人的家门口互相拥抱，微笑道别。时值圣诞节的前夜，满是彩灯的大街上，连一滴告别的眼泪都没有。

于是我会禁不住想，她到底是因为太年轻而承受得起这爱情的虚无呢，还是因为太年轻而根本无法体会这生命的不可承受的轻飘？无论怎样，她走后，我们对她的一切都不可知，倒是他，我们看到他对她的思念，才知道，原来一切都在岁月中，并不是不着痕迹。原来大脑可以忘记的，身体会牢记。

他们表达的是他们真正相信的那种爱情，这也许并不现实，也许只是一种理想，也许对某些人来说并不正确，但这爱虽然不至于奋不顾身，却至少也是心无杂念。爱的时候就去爱，退的时候就全身而退，不再回头。

要知道这世界上勇敢做爱的人不少，勇敢爱的人却并不多，我通常把这样的人叫作狠角色。如果是女人，我还会把她们定义为真正的尤物。只是这样的人少之又少，我们大多数的人，则总是在爱又不敢爱、退又舍不得中徘徊，结果太过放肆的爱情在人们的眼中反倒成了一种罪。其实观众也大可不必猜测这样的爱情到底是否存在，至少它存在于导演和演员的心里，存在于某些看电影的人的心里。

人这一生中，能够将纯粹的爱情进行到底当然没那么容易，然而，一个连一段不掺杂任何目的和杂质的爱情都没有体会过的生命也是可悲的。身体的欲望，有时候只是为了抵达另一个灵魂来抚慰生命的孤单。爱情总是会死的，如果我们有一天终究要重回孤独，为什么不趁还在一起的时候、还互相依恋和陪伴的时候，只是相互拥抱，做一个单纯的爱呢？为什么不能在爱已做完的时候，只是微笑告别，互道珍重呢？

没有人可以告诉别人怎样去爱，要拼命抓住还是洒脱放手，都不过是一种选择，只是这个世界上，有的人做出了这样的选择，有的人做出了那样的选择。无论他们看上去是多么不可理解，但是他们确实有着他们自己的理由。对于我来说，这理由懂一些，总是比完全不懂的好，这也许也是看电影，看我们所不熟悉的那些人的爱恨情仇的意义。

此生因你而放荡

几年前我刚刚开始写东西的时候，说话和写作总是用些令人吃惊的表达方式，那时候就喜欢拐弯抹角地说话，好像这样能够令人印象深刻似的。记得有一次，我对一个男人说，你肯定是个道貌岸然的家伙，那男人就说你这是讽刺呢，于是我告诉他，“道貌岸然”这个词，其实很性感。

现在想来，那时候的文字游戏有些太过矫情和做作了，不过这个词的另外这层含义，却也并非我一时心血来潮的释义，我很难向其他人解释我的感觉，直到前段时间把《烈火情人》又翻出来看了一遍。在电影的第一个镜头里，杰瑞米·艾恩斯扮演的斯蒂芬在几个随从的陪同下从楼梯上走下来，于是我对自己说，这就是那样道貌岸然的性感了。

他温良儒雅、举止翩翩，他的笑容里有一丝腼腆和落寞，但是你知道，在这个男人平静的外表下，是翻腾炙热的岩浆，他像一个包装得完美无瑕的礼物，用冷漠和礼貌将任何危险的女人拒之千里。假如你有足够的魅力、有本领撕破了这包装，摘下这面具，你将得到的，就会是这个世界上最甜美的糖果，而这糖果只为你存在，别的人谁也得不到。

这个打开包装的人很快就出现了，她从大门走进他的家，直接地走到他面前，也从此走入了他的生活，改变了他的命运。他是男人，她是女人，这本没有什么，但除此以外，他是她未来的公公，她是他的准儿媳，于是他们之间就多了一份乱伦的罪孽。

很多年前我在看这部电影之前，先在杂志上看到它的剧情介绍，当时对于朱丽叶·比诺什所扮演的安娜很是有些愤怒和厌恶。她无疑符合我们从小就知道的那种“红颜祸水”的种种条件，年轻、漂亮、神秘、放荡且胆大包天。她第一次见到他就看穿了他的心，毫不费力地撕下了他苦心经营了许久的面具，将他一直压抑的欲望搅了个翻江到海。最后东窗事发，他身败名裂、家破人亡，而她，却只要穿上衣服，若无其事地走开，再换个男人结婚生子就可以了。

她并不是那种机关算尽的女人，但却是那样的自私和残忍，本来她只要和他的儿子、自己并不爱的未婚夫分手，他们就不过是普通偷情的男女关系而已，即便被发现，也不过是上上报纸，被社会批判一下。但是她太知道他因禁忌而更加难以抑制的欲望，因为遇到了他，她决定留在这个家庭里，当他说自己要与妻子离婚娶她的时候，她断然拒绝了他。私下里，她是他的，她给他一切，可在公开场合，他连碰她一下都不可以。她故意这样，也喜欢这样，因为她知道，有了这一层公媳的不伦关系，在完全占有和完全禁止的两者之间的折磨，会使他永远对她如饥似渴。

他像一只发了情的公兽一样四处追逐着她，不顾一切地和她做爱，完全背离了他历来所遵守的种种信条，又快乐，又痛苦。我仔细地端详着艾恩斯的脸，深深地为他眼睛里的那份孤独所打动。在世人的眼中，他不过是一个欲壑难填的老男人吧，纵有翩翩风度，也难以为这个社会所原谅，但是人们是不知道他的孤独的，肉体的结合只是一种形式，而最重要的是，他渴望一种完全释放的自由和一种切入肌肤的温暖。有时候，所有语言的倾诉，都不及一个紧紧的拥抱。

“我爱你那不能自制的淫荡”，这是《失乐园》里凛子对久木所说的话。他们都是普通人，有世人眼里最正常不过的生活烦恼。斯蒂芬的富裕和地位远非久木和凛子所能比，但对于他来讲，生活也不过是另一种优雅的、昂贵的一地鸡毛而已。同样是违背社会伦理的爱情，他们却远远比他幸福得多，他们紧紧相拥，共同赴死，直到生命的最后一刻，都是坚信自己是爱着和被爱着的，而他却只能在事发后自我放逐，寻找异国他乡的某一个偏僻的小镇，孤老终身。

在遇到她之前，他只是个普通的成功男人，有事业有家庭，有人世间的枷锁同样无法超越。直到遇到她的那一天，他一下子如同坠入了地狱，所有的放荡不羁、狂暴占有都从潘多拉的盒子里跑了出来。和她做爱的疯狂，真的让他开始与众不同，这把他自己也吓了一跳，他恨恨地问她，你是谁？你到底是谁？而她只是笑而不答，听凭他在她的身上肆虐。也许这本来就是他，他的血管里流淌着不能自制的淫荡，只是他自己一直都不知道。他以为他是某一种人，但是她用她的身体告诉他不是。她揭穿他道貌岸然的伪装，她带他离开安全的轨道，然后松开手，任由他坠落。

我一直疑惑安娜是否真的爱过斯蒂芬，或者一直以来，她的内在只是一只自私而任性的动物，她看到盒子就想去打开它，占有它。她说："受伤的人是危险的，他们知道怎样让自己活着。"她也果然这样做了，但是和凛子不一样的是，她的心里并没有爱，也不肯放下一切真的去爱谁，她只是喜欢他为她疯狂而已。

也许她根本没有他想象的那样与众不同，充其量不过是个自私的尤物，但是在这个世界上，却只有她才能让他如此淫荡、如此释放。她在他眼中是什么，并不是真的重要，重要的是她让他感到了自己是什么。她所吸引他的一切，就是他想做的那个自己。

世界上的事情，有时候就这么简单，为许多人淫荡的，叫作下贱。只为一人而淫荡的，叫作爱情。

追悔莫及总归是有的吧，至少为了死去的儿子。但是对于这段爱情，倒也不必，她本也配不上他，舍不得自己，舍不得去爱，怎样也不可能成为浴火凤凰，终究跌到了俗世的尘埃里。她的超凡脱俗，原来也不过是个假象，只不过他信以为真，而她自己也是。当他最终明白这一点后，她给他留下的，不过是那一道射进屋内的阳光下，巨大的照片上，一张曾经风华绝代的面孔。我想如果真的有人能最终超越欲望，最终明白色即是空的话，应该是斯蒂芬这样的人才对。

后来我只见过她一次，偶然相遇，在机场转机，她没看见我，她跟彼得在一起，手中抱着一个孩子，跟别的女人没什么两样。

生活自会给你方向

同丈夫以及孩子平静地生活在白雪皑皑的小镇上的卡佳，是一个普普通通的家庭主妇。她相貌平凡，心地善良，生性自卑懦弱，没有什么特长，对生活也没有什么非分之想。这一天，她迎来了一对从城里来的夫妇，丈夫齐格夫高大斯文，妻子伊丽莎白秀丽俊雅，不仅如此，他们还多才多艺，品位不俗，互相之间有着高度的了解和默契，这一切都让卡佳觉得自惭形秽。

想想自己那庸俗不堪的生活，丈夫整天冷漠嘲讽，夫妻之间常年没有性生活，儿子也瞧不起自己，和爸爸有样学样地成天跟她作对，卡佳每天都在忍受这些来自生活的折磨，她变得唠唠叨叨、神经兮兮，但每每想跟丈夫沟通，都会遭到丈夫的拒绝。

直到有一天，她无意中得知齐格夫夫妇是因为伊丽莎白的出轨才离开首都，搬到这个与世隔绝的地方来试图修补夫妻关系的，而两个人之间也已很久没有性生活。卡佳不知道从哪里来的力量，想都没想，就义无反顾地向齐格夫出手了……

挪威电影《快乐，快乐》（中文名又译《欢愉主妇》），曾获2011年圣丹斯电影节世界剧情类评审团大奖。这是一部小成本制作的家庭伦理片，虽然并不为太多人所知，但却是那一年我心目中最佳的家庭伦理片之一。其剧本扎实细腻、功底深厚，可以与当年获奥斯卡奖的最佳原创剧本提名作品《又一年》媲美，对平凡人日常生活和情感的准确把握及表达难能可贵，而挪威白雪皑皑的美丽景色以及电影中时不时透出的北欧人的冷幽默，更为电影增色不少。

在这个光怪陆离、五花八门的世界里，连出轨都是一件人们见怪不怪的平常事。我常常觉得家庭伦理的故事是最不好讲的，正所谓“画鬼容易画虎难”。作为一个同样写故事的人，在观看这部电影的时候，我一直默默地把这个故事的走向在心里预设铺排了一遍，然而电影的结局还是出乎意料。

由于伊丽莎白最终发现了齐格夫的出轨行为，这对冷战多时的夫妻终于打破僵局，大吵一架，发现彼此的内心其实还是深深地爱着对方的。而齐格夫的出轨似乎终于抵消了伊丽莎白的出轨行为，让他开始从心底里原谅妻子，停止了对妻子的惩罚，两个人打算重新开始。

在故事的另一头，卡佳却终于发现丈夫其实是一个同性恋，而这也让她知道，从前丈夫将夫妻之间没有性生活这件事全部都归结于她没有吸引力，还讽刺她邋遢、发胖等，这些都不是她的错。和齐格夫的出轨不仅让她开始正视自己身体的欲望，更使她认识到作为一个女人，自己是性感的、有魅力的，男人们是渴望得到她的身体的。

出人意料，却又合情合理，这是所有优秀的家庭伦理电影归根结底制胜的法宝。生活的变化多端，常常是我们始料未及的。即便你已人到中年，成家立业，面对着它给我们出的一个个难题、一个个困境，还是会发现自己要学的东西还有那么多。

这部电影的导演安妮·赛维特斯凯到目前为止执导的作品不多，虽然和很多女导演一样，她的视角是以家庭伦理故事、关注普通人的情感生活为主，但其对世界冷静幽默的解读、收放自如的处理手法，却令人不敢小觑。

在电影中，导演时不时会不动声色地穿插进一些令人忍俊不禁的桥段，譬如卡佳的儿子放学归来，却发现邻居家的叔叔和自己的妈妈正在雪地里快乐地裸奔，而且正向自己奔来，于是转身拔腿就跑。譬如伊丽莎白和齐格夫两人处于冷战中，伊丽莎白欲望难耐，躲在洗手间里手淫，却被丈夫迎头撞上，两个人都装作没事儿人似的互相避开。譬如卡佳的丈夫无法面对自己是同性恋这个事实，就巧妙地将夫妻间没有性生活的原因都嫁祸于妻子。

这些点点滴滴的微妙的细节，就如我们的生活，既荒唐，又司空见惯。当事人难以理解，旁观者一眼看清。也只有见识水平非凡的观察者，才能够真正地不露声色，甚至用开玩笑的方式来给你讲出这样的一个故事。

每个人都说，出轨会毁掉婚姻！可是生活中又哪儿有那么多标准答案呢，齐格夫夫妇最后不就决定再过下去试一试了吗？虽然这并不意味他们最终一定能真的重新来过，但这终究让他们发现自己真正想要的是什么，这是一个重大的改变。而卡佳夫妇的婚姻则真正走向了结束，当丈夫向卡佳表示“我不会离开你”的时候，这位一向懦弱的女性则淡淡地说：“但是我要离开你。”

在电影的结尾，每个人都因为这次出轨事件开始重新审视自己的内心，得到了成长，做出了属于自己的决定。到这个时候，你才发现导演并非想和观众讨论婚内出轨的道德问题，我们也不是要鼓励人们出轨，而是想告诉大家，即便是出轨这种事，我们也没有办法对它可能带来的结果一概而论，它可能结束婚姻，也可能拯救婚姻。

总之，生活的改变总是势不可挡，你只要接受它，生活自会指给你方向。有时候坏的事情可能带来的结果却并非那么糟糕，毁掉了婚姻，有时候反倒会拯救你的人生。如果从这个角度来说，这部电影中“塞翁失马，焉知非福”的哲学意味，要远比单纯地对家庭伦理道德做讨论高级了许多。

他们真的在相爱，整个世界可以闭嘴了

《丑闻笔记》我读了小说，还没来得及看电影就被告知结局，为了喜欢的凯特·布兰切特，还是把电影看了，结局果然搞得人很扫兴，不过当时也并没有想太多。和一个姑娘聊天的时候，她提醒我以前看到的一则新闻，说那应该就是《丑闻笔记》的真实版，于是我突然就觉得那电影的结局让自己如鲠在喉，一定要写篇文章一吐为快。

真实版的她当年33岁，他12岁。1996年，他们“坠入爱河”，当时的她已经结婚，有四个孩子，八个月后东窗事发，她锒铛入狱，却发现自己怀了他的孩子。第二年，他们的女儿在狱中诞生，她也获得了假释，出狱没几天，她不顾禁令，又去找他，这一次，他们在车里被警察发现，法官再也不能原谅这个女人，让她坐牢一直坐到了2005年。在狱中，她再一次发现怀了他的孩子，生下了他们的第二个女儿。

八年的铁窗生涯，八年的相思苦。她出狱后，他们跑去请求法官让他们相见。这个时候，他已经长大成人，别人再也管不着，还好法官不是法海，终于网开一面，2005 年，在同居几个月之后，他们举行了婚礼，花童是他们的女儿，还有她和前夫生的四个女儿。如今他们秘密地生活在一起。英伦的报纸上报道了他们的婚事，标题是："他们真的在相爱，整个世界可以闭嘴了！"

这是段不伦之恋，但是个伟大的故事。我把这个故事重新看了一遍，突然明白了电影的结局、书的结局为什么和这个故事的结局如此不同。在这一系列故事里的四个人——两个主人公和一个作者、一个导演，各自的立场互为对照，非常有趣。

作者是女人，专栏作家出身，爱漂亮衣服，爱帅哥，游走于上流社会，所以她化身芭芭拉，站在两个爱人中间，虽然尽量去理解这场情事，但忘记不了自己冷嘲热讽的本事，终究是在这么伟大的故事里只敲了一小块下来。让人感慨，就这样与永恒的作品擦肩而过，但于她也是本分，能力所致。况且这本书写在 2003 年，能写出书中那样的结局也已经很了不起了，谁能想到这场不伦之恋会终成正果呢，女专栏作家也不会知道。我们总以为可以嘲笑生活，结果反倒经常被生活嘲笑。但是我终究明白女作家的善良，她最终没有选择以希芭入狱为结局，还留了点希望的由头。

令人恍然大悟的是电影的结局，这部电影是 2006 年拍摄的，那时候两个主人公其实已经结婚，但是导演是个男人，世界也是男人的，于是男人们把故事的结局改成了让女主角回归家庭。如果真实生活中她死不悔改，那么就在电影里将她救赎，让道德高尚的丈夫再次扮演上帝的角色将她救赎，最后接受改过自新的女人，离经叛道者渴望回归，最后终于走上正途。这是男人的胜利，也是道德的胜利，这样的女人怎能让她修成正果？我觉得有趣且讽刺的是，女作者的书中和真实的女主人公自己似乎都没有提过“原谅”这种词，倒是男人编出了这样一个结局。

我呢，自然是喜欢最真实的那个结局。她就是走了，一去不回头。

于是突然明白，易卜生不是上帝，原来娜拉出走之后，也不一定只有两条路可以走，即便当妓女，也未必就是最后的最坏的结局。原来，伟大的作家，真的需要勇气和胆识。原来，生活才是最伟大的作家，而就算生活真的赐予一个平庸的作家、导演永恒的灵感，他们也未必能抓得住，他们就这样与永恒擦肩而过，一辈子只能重复创造着平庸的作品。

我曾经看到过现实生活中两位主人公的一张合影。她的名字叫玛丽 · 凯，他的名字叫维利 · 法劳，他们看上去都是普通人。祝他们幸福。

忘记你等于忘记我自己

自从那年的一部《成为约翰·马尔科维奇》令人拍案惊奇之后，好莱坞就似乎特别喜欢研究人脑玩了，这几年随口数得过来的拿人脑和记忆来说事的电影有好几部。除了科技发展到可以把一个人送进另一个人的大脑中去之外，最典型的是《记忆裂痕》，本·阿弗莱克的大脑像一块黑板一样被人擦来擦去，最长的一次甚至要擦去三年的记忆，然后他再给自己留下无数线索，像玩闯关游戏一样，在三年后把线索拿出来挨个揭破。

对于这样的电影，我一向不过是图个新鲜，看看热闹而已。但是这一部《暖暖内含光》却不同，同样是利用科学技术消除人类记忆的故事，讲述的却是一对普通的情侣分手了，每日里孤单单地拿着个叫作记忆的东西不知怎么办好，于是就选了个科学的法子，一前一后地跑到科学家那里去洗脑子，无论如何，只要快点远离那痛苦回忆就好。

我看着这样的剧情介绍，一时间竟然有些动容，心里头冒出歪念：如果科学真可以进步至此，岂不是从此可以尽情地疯去，再也不怕那爱情带来的千疮百孔了？

于是我一有机会就忙不迭地找来看了。结果电影却并不是想象中的好莱坞轻喜剧，相反，始终笼罩在淡淡的伤感之中。远离了好莱坞式的明色重彩，乔尔（金·凯瑞扮演）消瘦的脸上从头至尾都有一层异国情调的灰色，和他满眼的忧郁纠集在一起，让人看了心酸。

我开始怀疑这个电影的导演不是好莱坞教育出来的，于是跑去 IMDb（互联网电影数据库）上查找，果然，米歇尔·贡德里是一个法国出生、法国长大的小子，学过艺术，出过长篇，可就是没学过电影。既然如此，那么这部电影被好莱坞抛弃也就不足为奇了。好在我们现在有网络，好在人们都记得曾经爱过不能忘的岁月。

克莱门汀（凯特·温丝莱特扮演）的头发真是五颜六色啊，那是电影里最鲜亮的色彩，但却都是冷冷的。冷冷的蓝、冷冷的橙，走在冷冷的海边，不戴帽子的时候，就是被海风吹乱的满头满脑的冷冷的寂寞。别人的寂寞都是藏着的，她的寂寞却是这样的扎眼，也不是不甘心，她只是不怕全世界都知道。乔尔说，她的样子真酷，我想他是觉得她为他说出了藏在他内心深处的寂寞。于是他们一起吃饭，然后做爱，有时候爱情真的很简单，一个人爱上另外一个人，就只因为她顶了一头绿发。

后来我们知道，这样的一头绿发，这样的海边，只是乔尔最终要科学家帮他从自己记忆里抹去的场景之一，除此以外，他还要抹去关于克莱门汀的一切记忆，好的坏的，以及她红的绿的和蓝色的头发。

爱情是个坏东西，它带给我们的伤痛总是比幸福更多而且更深刻。分手的时候，这伤痛就像瘤子一样如影随形地附着在我们的身体里，时不时就冒出来钻心地疼一下，让人恨不得一刀将它割了去。

这样的感觉，每个人都有过的吧，所以当我们看到乔尔拎了克莱门汀的东西跑去诊所，我们的心陪着他一起黯然，但却没有人能够说他做得不对，毕竟她已经忘记他。是她先去找的科学家，将他们的过去彻底抹去了事，她用陌生的眼光看着他，那么他还要记得她做什么？他为什么要记得她？为什么要独自回忆，独自忍受这痛苦？

但是，忘记真的就那么好吗？当他真正开始一点点地消除关于她的记忆，在他生命中的那些美好的往事就一一地浮现出来，只是幸福的感觉总是不如痛苦更切肤。他要忘记那痛，于是也想不起来曾经有过的快乐而已。直到这一天这一刻，当他躺在床上，眼睁睁地看着自己记忆里的她正在消失，一盏盏灯灭掉，一间间屋子倒掉，他才明白，原来他们共度的时光，是他生命中最重要的一部分，忘记她，等于忘掉他自己。

真的要忘记吗？忘记两个孤单的人一起相依为命的日子，一起在海边吃野餐，忘记躺在冰冻的河上看星星，一起在夜晚去探险。忘记自己曾经深深地爱过，也忘记自己曾经被人深爱过。这所有的一切，都是曾经的青春岁月，都是自己曾经作为一个可爱的人活在这个世界上的证据，如果真的忘记了，生活难道不就是只空匣子而已了吗？记忆被掏空了，也就没有了曾经认真活过的证据。

仅仅消除记忆是不够的，所谓命中注定，就是当乔尔最终抹掉了每段关于克莱门汀的记忆后，再次偶遇她的时候，依然会深深地为她吸引。科学是粗鲁的东西，它能做的也只是杀杀脑细胞而已，但是爱情却不仅仅是大脑的事。我们用的是我们的心，我们的每一个毛孔都渗透着另一个人的气味，假如身体也有记忆，皮肤也有记忆，那么又用什么办法来将它们一一杀死呢？

没有办法，于是乔尔又一次莫名其妙地来到和克莱门汀相遇的海边，于是他们再次相遇并且相爱，她即便不是他命中注定的那一个人，也是他追寻的那一种类型的女子。他再怎么兜兜转转一百次也是一样的结果，无非是找到另外一个克莱门汀而已，这是他的命运，躲也没有用。

考夫曼这个家伙还是温暖的，也许有些发冷的只是摄影师的镜头，他们给了这个故事一个美好的结局，不算大团圆，但总是留下了一丝希望，两个人发现记忆真相之后，终于决定在一起再走一段。这是个开放式的结尾，一切都还没有结束，结局就在遥远的将来，未必是我们所盼望的那样。但无论如何，旧的记忆随风而逝，新的记忆开始累积。如果有一天，他们真的决定离开彼此，我相信他们中的任何一个人，即便是再痛苦，也不会再放弃，那些曾经真心爱过的岁月。

请给我一场不赶时间的恋爱

下午在家睡觉，被玛玛的电话从床上揪起来，于是洗把脸和她跑去库布里克看《志明与春娇》，电影很好看，超出我想象的松弛有道、成熟丰满，是不温不火、有生活底子的那种好看。

春娇接到志明电话时语气装着淡定，却忍不住抿着嘴笑，我和玛玛也心领神会地跟着笑。在电影的最后，春娇问志明："你知道我是什么时候爱上你的吗？"原来是那一次两个人到宾馆开房，但是最后却什么都没有做，志明搂着春娇说："有些事，不需要一个晚上做完，又不是要赶时间。"这么简单的一句话，现在确是难得听见，于是我心里禁不住感慨了一下。

我有一个女朋友，也算是大龄未婚女青年了，有一次谈恋爱很顺利。男人各方面条件都不错，也愿意结婚。见面、接吻、上床这一套程序按部就班地走下来，也不过花了很短的时间，对方不能说是不靠谱的人。"但是，"女朋友很认真地问我，"为什么要这么快？为什么我就不能谈个恋爱？我还想谈恋爱。”是啊，人一旦长大，就好像连谈个恋爱的资格都没有了。

都市人生活节奏快，什么都要赶，什么都要三分钟做出决定，做出定位。这个关系是情人的关系，那就要赶紧决定：上不上床？第一次见面就上，还是第二次见面上？不上也别聊了，赶紧换别人去。这个关系的发展方向是婚姻，那就要问：你什么工作？工资开多少？要小孩子吗？结不结婚？不结婚咱就别聊了，我得赶紧相亲去。人人都很赶时间，谈恋爱是奢侈的事，是年轻人的事，年轻人还可以牵着小手唱，到动物园散步才是正经事，可是还不到三十岁的人，就已经很多人活得紧张兮兮。谈什么恋爱，差不多得了，要办事赶紧的，后面还有生孩子、买房子，一大堆事等着要办呢。

春娇和志明，用了整整七天的时间，才搞清楚彼此到底是不是爱着对方的，到底想不想在一起。这七天，好像是很少很少的时间，但是在这样忙碌着向前的世界里，就算这七天，也依然是奢侈的了。现在这年头，真是难得在电影里看到一对熟男熟女谈恋爱，能一百二十分钟还不上床的。我想这也许是电影之所以打动人的地方吧，一起在巷口抽烟，一起看着塑胶袋发呆，一起在夜的都市里闲逛，看蜗牛趴在栏杆上，两个人没正经地玩着，对未来不确定，也没什么目的和计划，但这也许才是爱情在它即将开始时本来的样子，即使不是小孩子了，也一样有爱情的进进退退、辗转犹豫。只是人们太忙了，早已经忘记了而已。我想这也是电影之所以能打动我的原因，因为不管到了什么样的年龄，我们的内心深处还是渴望着恋爱的。

我很想讲个一只小老鼠的故事，和电影无关，只是想讲而已。

有一只小老鼠在路上跑，它跑呀跑，跑呀跑，小兔子见到它就问："小老鼠你跑什么呀，来和我们一起玩吧。"小老鼠说："不行啊，我要赶紧去看看路的尽头有什么。"小老鼠继续跑，一只小乌龟看到它就问："小老鼠你跑什么呀，来和我们一起玩吧。"小老鼠说："不行啊，我要赶紧去看看路的尽头有什么。"

于是小老鼠一直跑呀跑，很多朋友叫它，它都不肯停下来，它跑着跑着，突然眼前一黑，咣当撞到了一堵墙上。"这里是哪儿啊？"小老鼠问。"这里是路的尽头。"一个声音回答。可是这里没有风景，也没有光，只有一片黑暗，小老鼠很失望，想回去。但是那个声音又说："这里是路的尽头，也是生命的尽头，所以，你已经回不去了。"小老鼠很伤心，它想起它还没来得及看风景呢，也还没来得及和小伙伴们好好玩过。但是，这就是故事的结局了。

这世界上有些人是小兔子、小乌龟，但大多数人是小老鼠。从属性来讲，我和我的一些朋友还有志明和春娇，是和小兔子一样的人。走到国贸桥下，不聊房子车子，也不聊赚钱啊投资啊，还兴致勃勃地跟朋友瞎吹牛说这里就像《魔戒》里的摩多山。我曾无数次想象自己是帅呆酷毙了的戒灵，骑着乌黑的大飞龙，从高楼大厦和滚滚乌云中悠然飞过。

我也知道像我这样的人，都老大不小了，在世人的眼里，跟怪胎也没什么区别。照志明前女友的看法，就是：他老这样无聊不无聊？于是很多人经过我们身边，又摇头叹气地走了。如果有人问我：他们为什么会这样？我想我看完了这部电影，下次倒可以回答他们：

哦，没什么，他们都在赶时间。

爱你爱成一场遗憾

又翻出岩井俊二的《情书》来看，想起了我的故乡。

我出生的那个城市，是和藤川树长大的城市一样的北方。但是没有海，所以远不及树的城市那样干净。然而在下雪的时候，当尘土都被覆盖，一切也是同样的美丽，如仙境一般。那个叫博子的女孩，从男朋友的墓地祭奠回来，踏着厚厚的积雪和男朋友的母亲一起回家。阳光照在屋子里，很明亮也很清冷。让我想起小时候，在某个大年初一的早上醒来，发现外面突然下了场雪。一切一下子变得像梦境一样。

她就在这样的晴朗而寒冷的白色天气里看他的照片，心里充满遗憾。那时候她的遗憾是因为突然到来的死亡而生的，巨大地压在她的心头，追迫着她。因为不甘心，所以不肯去忘记。然而她不知道还有一个遗憾等着她。我们也都不知道，只是也随着她遗憾着，淡淡地观看。

于是她写信到他住过的地方。她说："你好吗？我很好。"结果另一个叫树的人就这样子被问了出来，回答她说："我很好。"她一下子惊住了，仿佛抓住了一线生机一般，尽管明知道一切是不可能的事。

两棵树的故事就这样被回忆追了回来。这不是一个复杂的故事，少年萌动的爱情被无数观众一眼就看破。一棵树爱上另一棵树。然而他却一直没有表白，于是这"一直"就变成了"永远"，并由死亡刻上了一个坚定不可更改的结果。这个结果就叫作——遗憾。

少年的他是多么可爱。她为什么就不爱他呢？记得那个在白色窗帘后读书的男孩，那个在每张卡片后面写满心中女孩名字的少年。多想看看他长大后的模样。

遗憾真是这世界上最残忍的事了，电影里的遗憾更是如此。他爱她，她不知道，我们却知道，这遗憾就留在我们心间了。有些压抑，但总还是好些的，只要她不知道，这遗憾就不是遗憾。不知道了反倒开心，去过也未尝不是一件好事。然而岩井俊二却不肯这样，他让女孩们在晴朗的春天的下午去找她，他让她们把男孩曾经交到她手中的那本书翻过来给她看。于是她拿着那张画有她肖像的卡片惊住了，她终于知道了他的爱情。然而他却再也不会知道，在这么多年后，这个他曾经刻骨铭心爱着的女孩，终于明白了他的心意。

他爱她爱得成了一场遗憾，不甘心，找到了博子做代替。

他把这遗憾藏在心里，没有人能发现他的秘密。博子爱他也爱成了一场遗憾，死亡的痛苦加上发现真相。如果到了影片结尾再不让她解脱出来，那真是太残忍的事了。她回忆他也回忆成了一场遗憾。除了拥有两个亲人、一些对死去父亲的回忆，她所有的只是那场始终不肯去医治的重感冒，却从来不知道，自己曾经拥有那样一份宝贵的初恋。

现在他走了。她知道了，她也知道了，我们全都知道。然而这遗憾啊……这遗憾就这样让每个人毫无办法地眼睁睁地看着，无可改变。除了就着行云般的钢琴声看她把卡片重新插进书里，抱在胸前朝我们笑一笑，真的是无可改变。

这就是人们常说的那种遗憾的美吧。导演自然是要他的电影美的。我们也为这美所感动，然而有的时候却也真想拼却了这场美不要了，来一个俗套的大结局。做一回只是贪图浅薄快乐的观众。让她在他活着的时候就知道她爱他。让他知道她终于明白了他的心思。让他们至少能成为朋友。让每个人寻找到心中的答案。在这流光声色的虚幻世界里，让有情人此生无憾。

人生是一场漫长的告别

看完电影《2046》的那一刻，我就知道很多人不会喜欢它，但是我喜欢，别人问我，我也会坦白地说喜欢，于是就想，又会被人说“小资”了，不过这无所谓。我说我喜欢，是因为这部电影是有历史的，而我一直以来，都比较喜欢有历史的电影。很多人会不相信，觉得我是在瞎说，不过这也无所谓。又有人会说，你说的历史就是《花样年华》嘛，我也看过，不过这电影似乎和那部电影没什么关系嘛，爱情不爱情的，一地碎片，不好看。

但是这段历史不仅仅是和那个叫作《花样年华》的故事有关，也和一个叫王家卫的男人过去的整整十年有关。关于过去到底发生过什么，我以为他是想了很久的，但想得太久了，反倒觉得很多东西都没有必要再一一去追述，于是就干脆挖了一个洞，把那东西放了进去，叫我们自己看。有的人看到了，有的人看不到。这也是没办法的事情。王家卫就是王家卫，他自己也无所谓。他只管挖洞。

话说到这里，我想我有必要提一下周慕云的眼神了。看《2046》，我是从周慕云的眼睛开始入戏的。他拿了礼物去给白玲赔礼，两个人话里话外地调情，浅薄而轻佻，梁朝伟和章子怡的演技相差不止一个档次，但是也勉强可以看。梁朝伟的眼睛里尽闪着露骨的放浪形骸，像极了我认识的一个男人。2004年的春天，我们在西湖边玩，经过一个亭子的时候，那个男人就坐进一口大缸，我为他照过一张相片，就是这样一副无赖的表情，就是这样一双肆无忌惮的眼睛。

这男人不是我的情人，从来不是，我们一直是最好的朋友，于是这反倒使我成了他生命中一路跟着旁观下来的女人，就像是在看一场电影，观看着另一个周慕云的全版故事。当你看到一个人生命中发生了一些事情，他就变成28岁的他、29岁的他、30岁的他。他一直在变，但是你知道，他其实还活在28岁那一年。他说他要忘掉的过去，我不知道他是不是真的忘掉了。但我可以明显地感觉到，有些东西如果已经发生过，就会改变一个人，使他成为另一个他，无论是怎样的人，也无法放弃。他或者是不自觉，或者早知道，但也无济于事。

香港的苏丽珍把周慕云变成新加坡的周慕云，他揣着他的秘密跑到庙里，挖了一个洞，然后把自己的秘密告诉给了一棵树，然而这秘密就算已经不再是秘密，却也已经改变他的一生，让他永远也回不去了。他想摆脱，就去赌钱，碰到金边的苏丽珍，又跑去把秘密告诉她，但是等他说完了，又觉得这也没什么用，原来他是在自己的心里挖了一个洞，他自己走不出来，在哪里挖洞都没有用。他把这话告诉金边的苏丽珍后就离开了。其实那话是他对自己说的，但是他知道，谁都帮不了他，他也帮不了谁。他并不缺少人倾听，大不了就再找到一棵树，但这不是问题的关键。

王家卫的确是在《花样年华》的结尾里教给了我们一个对付秘密的方法，但是他却没有告诉过我们，那个洞挖过以后并没有用。我想这也怪不得王家卫，《花样年华》时期的他，恐怕自己也并不知道，所以他用了整整五年来拍《2046》。

于是我想起我前文提到过的那个男性朋友，有一阵子，他是花天酒地得可以，对女人也是狠心得可以。但是他只是热闹，不是快乐，我在一旁边看着他边想，如果他走不出来，他就要完蛋了。当然，他也在某时某刻跟我说过同样的话。我们就像住在一个宾馆隔壁的两个邻居，我站在我的人生里去观看他，我住 2047，他住 2046。他站在他的人生里回望我，他住 2047，我住 2046。

我开始喜欢 2047 这个数字，这个房间是旁观者的房间。王家卫让周慕云最后住进了 2047 的确是别有用意，他在 2047 以一个旁观者的身份看着2046 里发生的故事，也参与着2046的故事。

他给王靖雯写故事，取名叫“2047”，这个故事对于王靖雯来说，的确是 2047，但却是他自己的 2046。他其实是又给自己挖了个洞，可是他一边挖一边开始明白，生活不能这样下去，这场漫长的告别需要一个终点，可是这个终点在哪里呢？直到他再次看到露露。那一刻，他仿佛是站在了轮回之外回望这轮回，他终于醒了。人生最大的顿悟总是发生在刹那间，在不动声色里。周慕云还是那个周慕云，他唯一改变的，只是他的眼神。当他再见到白玲的时候，放荡的眼神已经一扫而光，眸子里是极度的平和与安静。

所以我一直在想，这部电影，如果没有了梁朝伟的那双眼睛，就什么都不是了。周慕云是那个逃出 2046 列车的人，走得出来，是靠他的悟性，白玲却走不出来，这是她的命运。所以他可以对白玲那么好，因为他知道她是个一辈子都再也逃不出来的可怜人。但是他帮不了她，他能为她做的，也就是付一付账，而她怨他的……唉！不说也罢。

2046，数数这趟列车上都有谁？有露露，有张震，有金边的苏丽珍和香港的苏丽珍。也许还有我们，再也许，还有一个叫王家卫的男人。这部电影，仿佛也是他为自己挖的一个洞，里面有太多太多的回忆。露露从《阿飞正传》穿越到了《2046》，她还在寻找那只没有脚的鸟吗？而张国荣，也真的已经变成了那只鸟，在某一个傍晚，离我们而去。张震并没有成为那只鸟，他从《重庆森林》的天涯海角归来，踏上 2046 这趟列车，却发现自己根本无法落地。

所有的这一切情节，都代表着王家卫自己走过的路。他似乎更应该学会去遗忘，抑或是周慕云对金边苏丽珍说的那句话，其实也是王家卫对自己说的？看王家卫在《艺术人生》里因为张国荣而落泪的时候，我就想，有些东西，怎是说忘记就可以忘记。拍完了《2046》，他是否就真的可以放弃一些东西？而这东西到底是什么？我不知道，也不重要。

《2046》是一辆列车，它开往未来，但是列车里的时空是静止的，装满了困在过去里的人。它从来不强迫人留下。可是很多人踏上了这趟列车，就再也没能离开。

2001 年夏天的一个清晨，我和朋友在我们城市里的一个酒吧喝了一夜酒出来，钻进早晨清冷的空气中，街上一个行人都没有，他穿着一件衬衫和一条短裤，光脚穿着皮鞋走在我身边，走着走着，他就唱起歌来。那歌我已经不记得了，但是我记得很清楚的是，他唱跑调了。

那一年，我曾经真的很想在树上挖个洞，但是我不知道应该用什么样的工具。这救了一棵树的命。如果我当年真的挖了，那么这个洞就该叫作 2001，它和 2046 一点关系也没有。就像这部电影，其实和爱情根本没有关系一样。我现在很庆幸我没有真的那么做，我甚至从没在任何树上、地上挖个洞，把那些伤心的往事埋起来，因为我一直记得周慕云的那句话：

自己走不出来，在哪里挖洞都没有用。

爱莉嘉的病态人生

在看《钢琴教师》之前，有朋友说这是一部比较病态的电影。在我理解，通常能用“病态”这个词来评价的电影一般只有两种，一是导演自己本身有些病态，所以整个电影本身也呈现出一种病态来。电影中的每个人、每束光、每个镜头的角度，甚至每一粒尘埃都带着一种疯狂或者阴郁的气息，逼得人透不过气来。而另一种则是导演以正常人的目光来讲述和诠释一个极端的故事，把它放在阳光下，日常生活中。在正常的人群里，走着一个不正常的人，让观众们看着他的沉沦与挣扎，看着他无法自拔、无法自救、无能为力地徘徊在这个所谓正常的世界之外。

对于这两种“病态”，我一直以为后一种电影是更残忍的，而《钢琴教师》则属于这更残酷的一种。

爱莉嘉是一个受人尊重的钢琴女教师，她 40 岁了还一直和母亲住在一起，过着清教徒一般的生活，她既没有结过婚，也没有男朋友，甚至连个情人都没有。她是一个出色的钢琴演奏家，也是一个优秀的钢琴教师。然而这一切都掩饰不了她那正在老去的面容，也满足不了她在黑夜里孤独无助地燃烧着的欲望。她禁锢自己的灵魂，她的母亲既是和她相依为命的人，又是她灵魂监狱的看守。

她因此憎恨她的母亲，却又离不开现有的生活。每次和母亲争吵、每一种过分的压抑总会让她寻找到一些发泄的方式。她到露天的电影院去偷窥，蹲在情侣的车下撒尿，她一个人去看色情电影，回家后用刀片来残害自己的性器官。她在做这所有的事情时都面无表情，看不出痛，也似乎没有快乐，我看着她冲干净浴缸里顺着她大腿流下来的血，灯光下，那浴缸是白色的，鲜血很红。

没有人知道她的秘密，因为她走在人群中是那么正常。她和谁都不亲密，对谁都保持着警惕。虽然她的步伐显得有些老态，她的背有点驼，“这只是一个老处女而已”，人们顶多会充满好奇或者同情地这样猜测一下，而她则用平静的表情和冷酷的眼神来对付这一切。

她看到学生流连在色情杂志架前就表现得很愤怒。或许她真的愤怒，但却是为自己没有得到正常人的生活而愤怒，那被逮到的男孩在她的面前害怕得几乎要死去。她却借此找到了一种平衡。她依靠这种平衡在日常的有尊严的生活与私下的病态的生活中不露声色地游荡着。正常的爱莉嘉和变态的爱莉嘉都是她，但是她自信能控制住这一切，她的控制力让她觉得自己很安全。

18 岁的华德打破了这个平衡，这是个阳光般灿烂的年轻人，有美妙的肉体和迷人的笑容，朝气蓬勃又充满力量。他听出了她内心澎湃的欲望，于是便对她展开追求。接下来的事情是每个观众都能想象得到的，这个 40 岁的女人自然而然地坠入了爱河。

然而横在他们之间的问题却不是社会舆论，而是爱莉嘉自己。她虽然已经深深地陷入了情欲中不能自拔，但她自认为清醒的头脑却依然不肯放弃控制的权力，她挑逗华德，却不肯满足他。她自己心中充满了对性爱的变态幻想，但当她面对一个真正的男人的时候，却又觉得他们是那么的肮脏而令人无法接受。

华德简直被这个女人给弄蒙了，他其实只是一个正常而普通的男人，有着正常而普通的情欲。如果说在学校的厕所里，第一次感觉到爱莉嘉有些病态时他还能保持镇定的话，那么当他读到爱莉嘉给他写的那封建议他对自己实施性虐待的信时，他被这女人脑子里的古怪想法弄得不知所措了。他是因为觉得她美好高贵才追求她的。他想和她上床，却完全没有想到她优雅端庄的外表下，竟然是个疯子。

虽然他不断地说自己是真的爱爱莉嘉，但是面对真实的疯狂的爱莉嘉，他却只好无能为力地落荒而逃，他开始觉得爱莉嘉是一个丑陋的、恶心的老女人了。爱情在这个时候脆弱得不堪一击。爱莉嘉以为他爱她，才向他坦白了自己的秘密，现在却遭到了拒绝和嘲笑，她的整个世界在一瞬间失去了平衡。

她于是干脆不要这平衡了，反正要也要不得。牢笼一旦被打破，那只欲望的怪兽就再也关不住了，横冲直撞地跑了出来，把她的世界搅到更癫狂。她于是去找华德，诱惑他，躺在地上企求他的爱，承认自己已经投降，只求华德能好好干她一场。

然而她的身体比她的心更固执，面对着一个现实中有血有肉的男人，她根本就是一个性无能和爱无能。她渴望过和男人肉体交融，但她对男人的抗拒已经成了一种本能的反应。这是她所没有想到的，现实的一切和她看到的那些春宫电影不同，和她的幻想也不同。当真正的男人的胴体展现在她的面前时，她竟然呕吐了。

华德却被这一切彻底激怒了。她在水池边呕吐的样子使他觉得受到了莫大的侮辱，他在她心目中是脏的，无论她怎样卑躬屈膝地企求，也无论他怎样在她面前保持尊严。在这场由她来操纵和控制的关系中，他始终是她病态幻想中的一个棋子，而从来不是一个真正的人。

于是他终于在一个深夜闯入她的家中强奸了她，开始时，她穿着白色带红点的家居睡衣站在走廊里看着他，神态平静得一如往常。“这就是你想要的吗？”他开始狠狠地打她，然后问她，他终于照她的信里那样做了，她立刻被打倒在地爬不起来，鲜血从鼻子里流了出来，很快染红了那件白色的睡衣。“不要打脸和手。”她说。曾经高昂着的头颅此刻却再也抬不起来。

这一刻她倒真的像一个正常的女人了，一个被侮辱的和被损害时的正常的女人，一个无助地蜷缩在房间的一角对自己的命运无能为力的女人。这曾经是她幻想了无数次的和他做爱的方式，被他强暴、虐待，她以为那会带来快感，然而当这一切真正来临的时候，她才知道那是怎样一种丧失尊严的感觉，遍体鳞伤，毫无快感。

“你不能对一个男人这样，”强奸她的男人一边解开裤带一边告诉她，“你不能这样引诱一个男人然后又对他不管不问。”她躺在地上，即便他一次次侵犯她的身体，也像一具尸体一样没有说出半个字。她曾经对男人的病态的幻想，她躲在里面借以为生的、病态的幻想，现在都被眼前这个男人拖到现实中来了。

这是一个充满羞辱、令人崩溃和疯狂的世界，一个无法让人活得有尊严的世界。她再也无法寻回从前的平衡，那个高贵的爱莉嘉已经被毁灭了，只剩下那个变态的下贱的爱莉嘉任人凌辱。

她于是恨他入骨，干脆藏了刀子准备在演奏会的时候向他寻仇。她的脸上依然是那副平静漠然的表情，但我们都可以看到她那颗被愤怒燃烧着的心。她等着他，一直等到大厅空无一人，他才随着家里的人一起赶来，看到她还若无其事地向她问候，然后裹挟在人们中离开了。那一刻她知道，他才是最终的胜利者。

她从来没有学会过如何尖叫，即使在人生最压抑的时候也叫不出，哭不出。于是她只有掏出那把藏好的水果刀往自己的左肩狠狠地刺上一下。这是我们最后一次在这个电影中看到鲜血，这一次，它慢慢地从她的丝绸衬衣上渗透出来，像点缀在她肩头的一朵小红花。这样的一个弱女子，病态也是病态的软弱而已。除了能损害自己，她还能损害谁呢。除了默默地穿过人群，走回家去，明天继续在这个正常世界里偷偷地病态地生活下去，直至死亡将她带走，她找不到出口。

爱杀人

将一部电影多看上几遍，有时会看到以前没有留意的东西。最近把《秋日传奇》又翻出来，再看到的，却是一个爱杀人的故事。

我们一开始的时候都被那个金发的阿波罗迷住了吧。所以少有人提及那个女人——苏珊娜。对，这就是她的名字。在布拉德·皮特耀眼的光环下，每个人都显得黯然失色。哪怕是片中唯一的女主角，也显得那么无足轻重起来。她只是一个传奇的点缀，没有她，传奇依然是传奇，而有了她，传奇不过是更加精彩而已。

然而，这一次我怎么就为她而落泪了呢。时光流逝，当我的眼睛终于可以从皮特身上移开的时候，当我作为一个女性观众终于可以抛开年少时的成见重新看待她的人生、她的故事时，我开始怀疑，遇到一个传奇似的男人到底是她的幸运还是不幸。

其实大哥艾尔弗雷德对于任何一个女人来说已经是足够出色了。他温文尔雅，有才能也有毅力，与这个世界是如此融洽。最重要的是他那么爱她、宽容她，并且有足够的能力给她富裕的生活、社会地位、人们的尊重。他的话是对的，皮特根本不可能让她幸福。每个人都知道这一点，包括她自己，因此他才始终心有不甘。在她死后，他在她的墓前心痛地说，为什么他这样努力，可是所有人都不爱他，而他的弟弟，他想做什么就做什么，然而所有的人都爱他。

这的确是巨大的不公平，可是她就是没办法爱他，她爱上一个足够杀了她的传奇。这传奇也是爱她的，这在一个女人来讲，是怎样的一种奢望，然而她实现了。她的未婚夫在恰当的时候战死，她终于可以和从战场生还的他在一起。然而她并不知道那只是一步步地走向死亡的开始，于是如飞蛾一般向着那光亮扑去。

那一段日子，大概是她这一生中最美丽的时光了吧。不再有婚约的束缚，她自由自在地爱他，以为她可以用爱情医治他的战争创伤，安抚他内心的自责和愧疚，然而她错了。无论怎样努力，她除了眼睁睁地看着他逃开外毫无办法。那是怎样一种感觉呢，看着你的爱情明明实现了，又眼睁睁地走掉了，你伸出双手去拼命地拉住那爱情，但却无论如何握不住它。

爱情没有随着他的离开而死去，爱情在她的心中长久地居住下来，折磨她。伴随着的还有希望。当希望和一场刻骨铭心的爱情相勾结的时候，就总会特别有杀伤力。她像一只被粘在网上的小飞蛾一样，苦苦挣扎却摆脱不了这一切。只有一直等，一直等下去。直到有一天，他的信来了，斩钉截铁地告诉她，他们之间完了。

撕心裂肺，还是悲痛欲绝？那个男人永远都不会知道。导演也没有告诉我们，因为除了那传奇以外，一个女人的绝望并不重要。好吧，那就这样吧，至少世界上还有另一个出色的男人爱着她，她老了，不能再让机会就这样流逝。她的伤口需要新的爱情来抚慰。她不甘心就这样在痛苦中老此一生。于是就嫁了吧，她可以告诉自己那男人可能一辈子也不会回来，就算回来了，这个世界上也没有女人能得到他。

然而她错了，他竟然回来了，似乎自己只离开了一小会儿一样，问他的父亲她在哪里，然后到她的新家来看她，站在她庭院的阳光里，把他送给她的那个手镯重新戴在了她的手上。她已经被后悔折磨得快要发疯了吧。然而有什么办法呢？又有谁会怪她呢，谁会知道自己是否应该等待一场奇迹？

世界上最远的距离不是生与死，而是我站在你面前，却知道自己永远无法和你在一起。

他如果就此继续放浪不羁，不曾回头，那么她的绝望还可以算是有最后的一点安慰吧，至少事实可以证明自己的选择是对的。那个男人不会为任何女人所征服。然而她又错了。她也许宁愿看到那男人一个接一个换女人，也不愿意在街上碰到他和妻子在一起、肩膀上扛着他们可爱的儿子从对面走过来。

怎么能不哭泣？站在他身边的应该是她才对，成为他儿子的母亲的应该是她才对。更何况他的妻子是她从小看着长大的小姑娘，她失去的男人她得到了，只是因为岁月催人老，不允许她等待，而小姑娘却可以从从容容地长大。她曾经为之付出了一切去换取的爱情，对于他的妻子来讲，只不过是一件顺理成章的事。

这一次是嫉妒，还是不甘心？她又死去了一些。那个时代的女人，除了爱情，还能有什么梦想可言，然而梦想有时候是可以杀人的。特别是在一次次似乎是得到了却转瞬间失去的时候。那种杀伤力，致人死。

命运对她的最后一击伴随着他妻子的意外死亡到来。她所有暗中期望的事情都实现了，她的未婚夫死去，现在连他的妻子也死去，如果命运不曾这样地成全她，也就不至于这样地折磨她。给一个人希望，然后让她绝望。

他对她说："你回去吧，以后不要再来了。"她知道他是真的深爱他的妻子。这一次，她再也无法去祈祷自己丈夫的死亡。即便她的丈夫真的不存在也无济于事，她永远无法再与他拥抱。横在他们之间的不是她的丈夫、他的妻子，不是任何人，而是残忍的命运。

有一种死法叫凌迟。如果她爱了他十年，那么她就死了十年。她终于无法等待最后那一刻的到来，选择提早结束了自己的生命。

我只想知道，在子弹穿过她美丽的头颅的那一刻，她有没有后悔遇到过一个传奇……

如果我不曾见过太阳
我本可以容忍黑暗
然而阳光已使我的荒凉
成为更新的荒凉

——艾米莉·狄金森

人生的事情，大抵如此。

一段漫不经心的八卦

因为喜欢英国女演员凯伦·米伦，所以她成为奥斯卡最佳女主角的消息一传来，我就收藏了《女王》这部电影。但是一直没顾得上看它，一来二去，倒是在电视上先看了戴安娜王妃传记电影。电影是BBC拍摄的，除了大量的事实报道、戴安娜当年在电视上做的访谈以外，还访问了戴安娜的很多生前好友，这样串起来的一个叫作戴安娜的女人的人生，让人感到非常难过。然后我又回去看这部名为《女王》的电影，两相对比联系着看，更是有趣，也更让人感慨。

可以说，不对戴安娜有多一点了解的人，其实也是不会真正看懂《女王》这部电影的。其中的一句话、一个眼神、一个决定都有其背景，要事先预习英国王室的恩怨情仇才能体会，这其中导演的别有深意，单单只看一部电影是无法看懂的。当然，你可以把它当成八卦来看，但是实际上，那应该叫作“历史”。

1981年，和查尔斯王子举行世纪婚礼的时候，这个叫戴安娜的灰姑娘只有20岁。当时有多少女孩羡慕她的好运气。很多年后，事实证明这是她人生中最错误的选择，可是一切已无可挽回。一个女孩在20岁的时候，如果她不是特别强烈地爱着其他什么人的话，又有几个人能够有力量去拒绝大不列颠帝国未来国王的求婚呢？

当年的卡米拉和查尔斯正热恋得如火如荼，女王为了拆散这两个人，责令查尔斯成婚，那就结婚吧，查尔斯最后选择的是戴安娜。有一种说法是，连戴安娜都是卡米拉替查尔斯选的，因为比起那些绯闻满天飞、风情万种的贵族家女孩来说，戴安娜像一个纯洁的洋娃娃一样不谙世事，将来会很好摆布。这样，即使查尔斯王子结婚了，对于卡米拉来说，他也是牢牢被自己抓住的。

据说，戴安娜知道这个“真相”后无法忍受，完全崩溃，这桩八卦当然无处考证，但是卡米拉从头到尾都横在查尔斯和戴安娜中间，却是一个人尽皆知的事实。当然，很多人都对这种东西司空见惯吧，在王室、在政坛，这样的三角关系、绯闻韵事，不过是花边点缀。

按照规矩，你理应维持婚姻以及面子，保持沉默。当然，作为交换的条件，你也许也可以拥有自己的“奸情”，然而戴安娜却没有这样做，她要爱情，也要婚姻的忠诚，比起那些皇室的成员来说，她太实在、太单纯，也太要强了，她无论如何也不甘心这样的生活。在“这段婚姻”中，身为英国王储妃的戴安娜竟然数次试图自杀。另一方面，她又要强地一定要和女王抗衡，并把一切的真相说了出来，公开给查尔斯难堪。所有人都恼羞成怒了，特别是女王。

之后这个故事开始向八点档狗血家庭伦理剧的剧情发展：儿媳戴安娜也为自己找了一个情人。但不幸得很，这件事被媒体曝了光，英国人在一夜之间知道了他们的王储妃的情事，女王当机立断，一脚把戴安娜踢开，下令查尔斯王子与其离婚。这场离婚大战，被称为英国历史上最血腥的离婚。

一段错误的婚姻不应该毁灭人的一生，妓女尚可弃暗投明、从头来过，然而戴安娜却不可以。

离开查尔斯之后，她爱上了她的牙医，那是个中东人，留着一脸络腮胡子，看上去普通平凡，面目模糊。她的朋友们也这么说，完全看不出那男人到底有什么好来，但是她就像一个小女人一样爱上了那个男人，给他写热情洋溢的信，打电话，送礼物，跑到那男人的诊所去“看牙”。她只想做一个普通女人，过普通女人的生活，有一个普通女人的爱情，但是这愿望是不可能实现的。记者们不放过她，对她围追堵截，牙医男朋友要藏到她汽车的后备厢里，偷偷进她的家，才能躲过记者们的长枪短炮。

这样的爱情，结局会是什么样子，可想而知。牙医男朋友最后抛弃了戴安娜，他的确太普通，没有力量给她想要的支持和保护。后来，好像戴安娜还交过一个普通人男朋友，一样是个中东人，一样全情投入，一样被抛弃的结果。

再后来，戴安娜的绯闻对象几乎就非富即贵了，从前我总以为这是她选择的结果，现在才知道，不是她不想要平凡的爱情，而是平凡普通的男人都没能力要她，也保护不了她，她已经没有了平凡幸福的可能。但是她太想幸福了，努力抓住生活的浮木，不让自己沉下去。

她善良、真诚，努力寻找生活的意义，也努力实现自己作为人的价值。她希望自己对别人有用处，希望能为人们做有意义的事，所以不顾危险地去探访艾滋病人，走进雷区。她希望做个好母亲，希望被爱，也努力地去爱别人。再后来，她所做的这一切，完全是出于自愿，而不是身为王妃的任务。但媒体关注的永远是她的绯闻、她和英国王室的关系，却从不像她希望的那样，关注她所做的其他事情。

从她的谈话里，你就知道她一直活在王室的阴影里，没有真正走出来过，因为她知道查尔斯王子和卡米拉幸福地在一起，她知道女王高高在上，一言不发在冷冷地看着她，看着她将怎样自暴自弃，怎样自甘堕落地沉沦下去。这样的一场两个女人之间的较量，她实际上是无论如何都输惨了的，直到她死的那一天。

她作为威尔士王妃度过了失败的一生，最后却得到了无上的荣耀。这荣耀来自人民，人民爱她，是因为她除了是威尔士王妃以外，还是一个和所有人一样的活生生的女人，一个有爱有恨却从不虚伪、相信善良却饱受伤害的女人；还因为她与人民的亲近，是出于她心中的爱，而更多的王室成员做这些，是出于身为一个王室成员的责任。在政治的世界里，她是最不政治的一个人。人民不是傻瓜，人民的心体会得到。

我们当然不能说女王做错了什么，查尔斯做错了什么，他们只是做了身为他们会做的事。只是也许直到女王走到白金汉宫悼念的花海前的那一天，她才真的明白，她实在低估了这位前儿媳的魅力，她并没有赢，且永远也不会再赢。

电影有一处最大的败笔，就是没有在戴安娜最后那一回眸的瞬间结束掉，而后面女王为自己做的解释实在是有些狗尾续貂。我觉得老太太其实什么都不用说。当然，谁让这部电影叫作《女王》呢，死者已逝，生者还要为一切解说。

其实你很难说到底谁是错的，然而至少我们必须承认，只有在了解了那些尘封的往事之后，作为一名中国观众，你才会懂得英国人对待戴安娜的感情，才会懂得为什么人民会指责王室，会觉得王室对戴安娜的悲剧是负有责任的，才会懂得电影中的很多镜头，女王的表情，其实是多么有趣，多么意味深长。我庆幸在看电影之前先看了戴安娜的纪录片，才会明白这整部《女王》其实都是在为女王做解释。

这两个女人之间的战争是如此举世瞩目，但是无论谁输谁赢、谁是风中玫瑰、谁心里觉得百口莫辩，都已经不重要。结果是她 36 岁就死了，而女王刚刚举行完登基六十周年庆典，就这么简单。

玛格丽特·杜拉斯曾经说过，“女人最大的愿望，是被人爱”。那晚看戴安娜的访谈，她的一个生前好友最后说了一句话：“也许她这一辈子，唯一真正爱过的人，只有查尔斯王子。”

联想起戴安娜的一生，这句话听着，真是让人郁闷极了。

现如今，小王子们都长大结婚了，查尔斯和卡米拉终成眷属，当年戴安娜的保镖啊管家啊都可以出书了。还有一部叫作《女王》的电影，女主角得了奥斯卡奖。可是那个叫作戴安娜的女子，她来到这个世界上是干什么的呢？我想，这短短的三十六个年头，就这么来了，又走了，做王妃，生下两个儿子，然后离婚，然后暴毙。她的人生，可否有过更长久一点的幸福时光？她的人生，竟然和所有的普通人的人生一样无法自主，只能听从命运的摆布，她来到这个世界上到底是干什么的呢？

答案，也只有在风中飘逝了。

咸鱼女神

看法国电影《将来的事》，赫然意识到，伊莎贝尔·于佩尔已经六十多岁了，在我的心里，她一直是一个四十多岁的女人，这印象停留在我第一次看她的电影——《钢琴教师》的时候。后来几乎就没有在脑海里更新过她的年龄，可能是太爱她的缘故，我对她总有一种孩子般的依恋情感，觉得自己爱的女神永远不会老，不会离开。

电影的镜头给人一定的错觉也是一个原因。在看《我的小公主》时，她扮演的妈妈虽然人到中年，穿着廉价，事业不如意，在贫困线上苦苦挣扎，屡屡被男人抛弃，但是于佩尔凭借那独一无二的魅力，依然赋予了这个角色一种残破之美。

让人不由得赞叹，毕竟是于佩尔啊。

这部《将来的事》里，导演的手法比较朴实直白，给了很多大全景，她在电影中扮演的娜塔莉，是一个四十多岁的女人。

当我看到她走向远方的身姿，才第一次意识到她真正的年龄，其实已经六十多了。

娜塔丽是一个大学的哲学教授，每天过着平静的日子，做学问、出书、教课。她的丈夫也是个知识分子，他们共同养育了两个孩子，有和自己感情非常好的学生，男孩和女孩都有。她最喜欢的那个男孩也非常崇拜她，她帮他出书，请他到家里做客，有点亦师亦友的小暧昧，都是影影绰绰的，是生活里无伤大雅的小趣味而已。

直到她的丈夫跟她提出离婚，说自己爱上了别人，她的生活才发生了巨变。也没吵，也没闹，几十年的婚姻，离了也就离了。这就是法国电影，对于生活里这些大开大合的事件，处理得反倒都很淡然，仿佛也没什么可说的样子。她唯一的抱怨，是丈夫拿走了她的哲学书。

离婚不久后，出版社告诉她，她的书不再继续出版了，这个事好像也没什么可说的。开始的时候，她甚至觉得松了一口气。

她一如往常地生活，偶尔默默落泪，唯一一次哭得比较凶，是她应自己最爱的学生的邀请，去男孩乡下的家里做客。除了她以外，其他的客人都是年轻人，学生和自己的女朋友一起接待了她。倒也不能说谁怠慢了她，但是也没有想象的那样受到更多的礼遇，甚至有点微妙的冷漠和残酷，是年轻男子那种心知肚明，却让你挑不出什么理来的很暧昧的冷漠和残酷。

只有这一次，她一个人躲在房间里哭了起来。

当初和男孩之间也没什么实质性的关系，顶多是男生问过她“你介意比你小的男人吗”这类的话，现在她当然更不能说什么了，哭过就哭过了，第二天，她礼貌地告辞离开。

没有奇迹发生，没有狗血的爱情故事，生活一次一次让人失望，将来怎么办？好像一直到电影的最后，也没有答案。

如果倒退到 20 岁，我是不会喜欢这部电影的。年轻时，总觉得一个女人无论什么时候失了婚，都是一种失败。哪儿跌倒的，哪儿爬起来，女主角当然会找个比前夫更年轻、更帅、更有钱的丈夫，还把自己当心肝宝贝似的爱自己，要么就是帅帅的学生疯狂爱上了自己，不顾一切地要和她在一起。年轻时我感觉故事就得这么写，电影就得这么拍才对。

因为生活也一定是这样继续，既然这女人足够好，一定会找到第二春的，千万不能放弃希望。

“我还有哲学，还有很多书要看。”如果当年的我听到一个年长的女人说出的这种话，会觉得太失望，这只是强颜欢笑的掩饰，简直就是女人的一种自暴自弃。

后来，我看了张艾嘉拍的《20 30 40》，张艾嘉在电影里演了一个四十多岁离婚的女人。她离婚时是傲然的——没关系，反正原来的那个也没什么好，彼此也看腻了，过够了，我会再找一个更好的。

等离婚了，才发现现实对女人的残酷。她好不容易遇到了梁家辉扮演的心仪的单身男子，风度翩翩，温和儒雅，正和比自己小很多的女友闹分手，于是她乘虚而入，使出浑身解数，祭出成熟女子的拿捏尺度。怎奈人家的小女朋友勾勾手指，她还是被男人放弃的那一个。

这样怎么行？这样不够励志，怎么结束？到了电影的最后，我还在等着这个四十多岁的女人有新的邂逅，遇到什么人，仿佛上天在她人生中射进来的一道光。

没想到，她遇到的是台湾 9 · 21 大地震，她在镜子前举着一把剃刀准备刮腋毛，周遭的世界剧烈地摇晃起来，她站着没动，也没跑，她举着剃刀对着镜子说：

我是一个被抛弃的女人。

她说了好几遍，最后是大声喊出来的，直到大地停止震动，她才继续刮腋毛。

这是这么多年来，始终留在我心底里，最让我感到震撼的一幕。当时只是莫名地觉得张艾嘉这个女人，实在是太酷了。直到后来我读到王小波的一句话：

狠狠心，走上前去，迎接命运的摧残。

这一幕，是我内心的一个顿悟点。在这之前，听多了咸鱼翻身的励志故事，总有一种错觉，不管男咸鱼、女咸鱼，都会翻身的，想发财的会发财，想成功的会成功，想家庭婚姻幸福的就会幸福。所有的事都会好起来的，不知道我们为什么会相信，但曾经我们就是无条件地相信。

在这部电影之后，我才明白，那并不是真实的生活。更多的人，就这样度过了自己的一生，咸鱼翻身，只是个小概率的事件。

日子过着过着，就过了 30 岁，到了 40 岁，常常不甘心，觉得不可能。在《少年时代》里，妈妈结婚，离婚，带着两个孩子又结婚，又离婚，直到把小儿子也送进大学，她把从前和两个孩子一起住的大房子退掉，自己搬进一间小公寓，坐在新家里，她突然哭起来。

“就这样了吗？这就是全部了吗？”女人问。

她的儿子扎手扎脚地看着自己的妈妈，什么也没说。男孩只有 18 岁，生活对于他，刚刚展开，他有无数的希望，完全不知道眼前这个中年女人在哭的到底是什么。

只有成年人，才知道这一句话里包含着多少人生况味吧。

年轻时，人人都想活得惊艳，赢得漂亮。直到有一天，当我们品过世间冷暖，看过悲欢聚散，才知道，如果一个人能够老得体面，死得体面，已可以封神。

在《将来的事》里，有一个长镜头，于佩尔拿着她的哲学书，穿着朴素的花裙子和帆布鞋，扎着马尾，走在清晨林间的阳光里。导演米娅 · 汉森 – 洛夫是一个生于 1981 年的姑娘，她用自己的镜头，一直追随着于佩尔向远处走去。那一刻，看着她的背影，我突然热泪盈眶，她的步子迈得大大的，甩着手，就那样毫不犹豫地向前走着，不知道她想去哪里。她的身体从未显得如此瘦小，即使是背影，看上去也已经不再年轻，她的脊梁同样已经不像从前那般挺直。

但是，她永远是我的女神。

那些我们错爱过的人，都是曾经的自己

傍晚时分看完《我的国王》，内心怅然，只好在小区里散散步。走着走着天就黑了，马路对面的医院大楼上巨大的霓虹灯亮了起来，白色的灯光铺满了我的路。

电影没有讲什么我不知道的事，也没有什么惊天动地的爱情奇迹，不过是一对情侣相爱十年、分分合合的故事。

电影的女主人公汤妮，是个相貌平常、看上很老实、不太引人注目的姑娘。和许多这样的姑娘一样，她有些自卑，觉得自己没有魅力，但她并没有意识到自己有一个十分不俗之处，那就是她内心澎湃的激情。她的身体里有蓬勃的生机和一种巨大的能量。

我想这也是她自己都难以置信，自己竟然能吸引男主角的原因吧。乔治欧是那种典型的大众情人，他英俊洒脱，气质迷人，有艺术品位，拥有一家自己的餐馆，谈吐幽默，出手慷慨大方。他性感逼人，他的魅力男女通杀，前女友全部都是超模和明星，而且在分手后还对他念念不忘。

要不是喝多了酒，汤妮恐怕是没有胆子主动去勾引这样的男人，没想到他竟然上钩了，但这还不是最不可思议的，最不可思议的是，他竟然深深地爱上了她，用各种方法讨她的欢心，向她求婚，想和她终身厮守，抱着他们的儿子，幸福得流泪。

最初，汤妮和乔治欧在一起时，完全像变了一个人，她不仅打开了她的身体，也打开了她的心。老实姑娘一旦疯狂起来，连男神都吃惊，她变得越来越自信、开放和大胆，越来越勇敢地做自己，他也为她骄傲。

但是……是的，“但是”来了。她渐渐发现了他的种种问题：不负责任，结婚后依然经常出去玩，欠了一身债，把她妈妈留给她的家具拿去抵押；与前女友反复纠缠，对方甚至闹自杀，他狠不下心拒绝，甚至为此和她争吵。为了逃避婚姻生活里的琐事和争吵，他干脆租了个房子搬出去住，他说他希望在婚姻里保持自己的独立空间。她怀孕了，挺着大肚子去看他新租的房子，却发现他正准备开派对。

她也不是省油的灯，经常大吵大闹，在他的朋友面前撒酒疯，指责他所有的朋友，指责他，给他难堪……日子都过成这样了，干脆离婚算了。亲戚朋友都劝她离开他，他也不是不放手，可是每次吵闹过后，她又忍不住去道歉、去找他，哪怕知道他是瘾君子，依然无法放弃他。

就这样反反复复地折腾了好几年，最后两个人终于离婚了，但是刚刚办完手续，还没出政府公证处的大门，她已经开始忍不住想把他追回来，又开始去勾引他，想回到他身边，而他每次都会没记性地回头。

她对他怨念深重，内心满是委屈。为了爱他，她倾其所有，放下自尊，受尽痛苦和折磨，一遍一遍地原谅他、接受他、挽回他，可是他为什么就是不能改掉这浪荡子的习性呢？她可以清清楚楚地感觉到，他明明是爱她的。

最后，还是乔治欧一句话戳中了她的要害。他说，是你先勾引的我，然后你又反复勾引我，因为你就是喜欢我这样的人。如果不是我，也会是其他和我一样的人。可是每次在一起生活了，你又要求我变成另一个人。

她这才恍然大悟，乔治欧其实比她自己还要了解她自己。

因为她自己太平凡、自卑，内心的野性不敢释放，所以才会迷恋这个狂妄自大、有着国王般自信和骄傲、野性难寻、放荡不羁、不负责任、充满了性感的谜一样的男人。因为他就是她内心深处希望自己成为的人，她希望自己拥有他那样的能力和魅力，她希望自己在众人眼中也像他那样炫目迷人。

正因为她自己无法达到，所以才对这样的男人深深地迷恋，她想借助他的力量释放自我，所以她不能恨他、不应该恨他，因为他就是她的一部分，是她的生命，是她渴望成为的那个自我。然而她一旦真的得到了他，她内心深处的另一部分自己，那个普通的邻家女孩，又想要找个传统意义上的老实男人，过一种有安全感的婚姻生活。她不能接受明明是自己深爱着的浪子，所以她想要改造他。

对于乔治欧来讲，汤妮恐怕也是这样的一种存在。他比她想得更爱她，也比她想得更清楚。他知道，她只爱他像国王般光芒四射的一面，而会唾弃他脆弱的一面，因此他宁可靠嗑药来苦撑着她的幻觉，都不愿意让她看到，自己其实也只不过是一个凡夫俗子。

他比她更清楚，她虽然希望他变成那种热爱家庭生活的居家好男人，但如果他真的变成那样，她就再也不会爱他了。而对于他来讲，这个一遍一遍让他重新爱上的女人，也是他无法成为的那个自己。

真是令人唏嘘啊，爱情最令人心碎的，不是你爱错了这个人，而是你从小到大幻想过无数次的理想爱人，完全是错的。你完全爱错了一种人，你喜欢的这一种人，对于你来讲根本是不适合的，也是你搞不定的。可你总以为是这个人的错，于是换下一个，再换下一个，却没有发现，自己其实每一次都在重复地爱上同一个人。

爱情最无奈的，不是爱而不得，而是得到了之后，无论怎样努力，都无法在一起。直到有一天，你终于明白，所有你曾错爱过的人，无非都是曾经的自己。

可是明白了又怎样，这种事并没有两全其美的解决办法。

你爱上一个国王，享受他带给你的荣耀和炫目，享受充满激情的生活，就注定无法共度琐碎平庸的婚姻生活。她终于懂得了自己，也懂得了什么是生活，可是懂得了又如何？

在电影的最后，他们已经重新有了各自的生活。有一天，他们约好一起去儿子的幼儿园见老师，她看着他走进来，拿着他的摩托车帽，穿着牛仔裤、白球鞋，英气勃勃，他还是那么洒脱不羁、性感迷人，她看着他的头发、他的耳朵和鼻子，久久地凝视着。

和他在一起十年之后，她变成了他，她比以前更自信，也更强大了。她不再需要一个国王，因为她曾经拥有过一个国王。她想要的她都奋不顾身地追求过、拥有过，又失去了。她不再心有不甘，终于可以接受和一个平凡的男人过日子，可是她从此也注定孤独。

她永远爱着她的国王，但是他们不会在一起了。

没有阴道的女人，没有灵魂

2013 年的时候，电影《她》很是火了一阵子，那时候网上展开了大讨论，如果你有一个人工智能的虚拟情人，它通过算法和学习能力，可以了解你一切的需要；它可男可女，声音可以像你希望的男神或者女神一样……

而且，这个情人从精神层面来讲，绝对是可以与你匹配的。从知识水平来讲，可以碾压你，并且时时给你惊喜，而你恰好已经空窗了很久，一个人孤独地生活在一所公寓里，朋友帮你介绍对象，你也会去相亲，但是每次都觉跟对方无话可说。不尴不尬地一起吃个饭就回来了，不是你不喜欢她，就是她不喜欢你。要不然就是急着结婚，大家像做生意一样碰一下情况，房子、车子、工资、工作前景、家里老人怎么赡养……

可是爱情呢？你已经很难爱上什么人，也明白别人同样很难爱上你，你孤独地过着你的日子。这个时候，如果有电影里这样的一个人工智能情人会怎样呢？

她是由你创造的，连名字都是你起的，符合你的一切幻想。至于发生肉体的关系，科技发达，相信有很多办法可以解决，总之像这样的爱情，你想不想要？

《她》这个故事讲的其实就是这么简单的一档子事，在未来的世界里，一个宅男和他的人工智能软件恋爱的故事。和许多年前不同，不再有人怀疑这件事未来一定会实现。

大家都明明白白，所以问题变得简单但也更颠覆：如果机器可以给你完美的精神之爱，你终于可以体会到一种灵魂与灵魂的完整结合，完全地被人理解和懂得，这样的感情，你到底是要，还是不要？

我也认真地思考了一下这个问题。电影中有一段戏让我一直难忘，男主人公西奥多和他的人工智能情人萨曼莎正在热恋之中，他们无法像真实的人类情侣那样做爱，但是萨曼莎十分想满足一次西奥多，同时她自己也对人类这种行为无比好奇。于是她想出一个办法，她在网上找了一个女孩，跟她讲了他们之间的情况，那个女孩自愿充当萨曼莎的肉体，戴上耳机，按照萨曼莎的指令说话、动作、和西奥多做爱。

然而到了关键时刻，西奥多却无法面对眼前这个陌生女孩的身体。他退缩了，看着女孩哭着离开。我想起张爱玲的那句话：通往女人灵魂的通道是阴道。

灵魂是可以脱离肉体单独存在的吗？如果可以，那么它是一个真实人类的灵魂，还是一个人工智能虚拟的灵魂，好像也无所谓啊。

从前我也总是认为，灵魂是灵魂，肉体是肉体，它们是可以完全独立的两回事。灵魂的爱和肉体的爱也是完全不同的，灵魂的爱是高洁深刻的，肉体的爱是原始自然的。

可是越长大我越觉得，其实一个人有一个什么样的肉体，就决定了她会有一个什么样的灵魂。正因为世界上找不出两个绝对意义上一模一样的肉体，所以我们每个人才会都有一个独一无二的灵魂呢。

打个比方来说吧，记得有一部户外竞技真人秀请过几个超模姑娘来做嘉宾，因为这是个身体对抗性非常强的综艺节目，所以我观察到，每个女孩对自己身体的态度都特别有趣。好些个子很高的姑娘，反倒更喜欢展现自己娇滴滴的、柔弱小女生的一面；而看上去特别柔弱瘦小的女生，则常常表现得彪悍异常。

我认识的C罩杯以上的女生，有一种是个性非常低调内敛的，走路总是含胸驼背，这是她们青春期因羞涩养成的习惯姿态。

从概率上来讲，许多长得好看的女孩，可能不会太努力，因为好看让她们从小比别人更容易得到一些优待。

长得好看的和长得丑的灵魂不一样，长得高的和长得矮的灵魂不一样，胖子的灵魂和瘦子的灵魂不一样，身体健康的人和身体虚弱的人灵魂不一样，这还都只是大体上的差异，更不用说身体构造的各种细节、身体状况、内分泌等因素。

我们是因为每个人生长的环境、受过的教育、遇到的事情不同，才成为和别人不一样的人的。

但首先，我们的灵魂，是因为天生就住在不同的、不可复制的身体里，才和别人不一样的。

也正因为爱情发生在两个独一无二的人之间，它才仿佛奇迹。闻着他的气息，聆听他的声音，抚摸着他的身体，嘴唇亲吻着嘴唇时身体不由自主的战栗，这个人能带给你快感而另一个人就不能。这些都不是靠语言和想象能够体会到的，这不可能通过大数据计算出来，因为它不是你要什么，而是超出了你的期望，它是上天给你的惊喜、不能用算法计算出的例外。

美国女画家乔琪亚·欧姬芙画过好多花，明眼人一看就知道那代表着女性的生殖器。但她画出的又不仅是女性的生殖器，她画出的是女性的身体，更是女性的灵魂。

我们不知道上天在创造一个婴儿时，用的是什么程序编码，但是它就是能让每个人的身体都无法复制。在这个世界上，我们找不到两朵长得一模一样的花，每个女人的身体都是独一无二的，她们的灵魂也一样。

男人也情同此理。

我们总幻想没有了肉体的精神之爱，必定是纯洁的、高贵的。可是人若没有了肉体，连他的狗都不会爱上他。

没有身体的女人，你永远也无法抵达她的灵魂，因为她根本没有真正的灵魂。

在影片的结尾，西奥多发现萨曼莎其实同时服务于成千上万的男人，它只是一个程序，这无可厚非，也理所当然。西奥多十分痛苦，但也无可奈何，一个没有独一无二的灵魂的程序，也不会真正懂得人类任何一个独一无二的灵魂，更别提什么真正的爱情了。

所以我现在再也不去区分男女之间的爱，到底是精神之爱，还是肉体之爱，或者哪一种爱是高级的、哪一种爱是低俗的。

其实都一样，都是爱。

而只要是爱，就都是我喜欢的。

你可能已经错过
人生中最好的男人

周末去看了日本电影《花束般的恋爱》，电影讲的是一对普通的文艺小青年从恋爱到分手的过程，是大多数年轻情侣的真实写照。

普通的男孩山音麦和女孩八谷绢相遇，发展出一段单纯质朴的感情。开始时，他们以为找到了身体和灵魂都高度契合的伴侣。可真正生活在一起，才发现两个人出身不同，想法也不同。最后他们平静分手。

没有洒狗血的故事，却足够感人。只是我已经过了会为这样的故事流泪的年龄，唯一的一处是两个人在饭馆里认出押井守的瞬间，那脸上孩子一样的兴奋的表情，像极了当年小小的我，让我鼻子一酸。

啊，又是一个很奇怪的泪点。

在一起四年后，小麦和小绢都想结束这种马拉松长跑般的恋爱。两个人来到初次约会的咖啡馆谈一谈，结果女孩结束的方式是分手，男孩结束的方式是结婚。

我看着女孩充满歉意、担忧、坚定的表情，心中虽然也有青春留下的感伤的印记，但却以娘家姐姐一般无情的理性想到，这个小妹妹可能正在错过她一生中所能遇到的最好的男人。

小麦其实是个好男孩，他会画画，有才艺，心里愿意承担起作为男人养家的责任。他很勤奋，脾气很好，虽然吵架在所难免，但其实是个温柔的男孩。

虽然工作磨去了他昔日的灵气，让他好像只知道工作，沦落成一个没有光芒的平凡男人，但他始终觉得自己应该对女孩负责到底。甚至在女孩说不喜欢现在的会计工作的时候，他说可以结婚，这样小绢作为妻子可以不用工作，就能够在家尽情地过看书看电影的日子了。

更重要的是，他对女孩和对这段感情始终是忠诚的。

可惜的是，小绢的心其实已经不在小麦的身上了。她爱上了小田切让扮演的老板。其实过来人一眼就能看出来，像小绢这样的女孩，是搞不定这种老男人的。没有办法，女人的心啊，一旦变了，身体也跟着心走了，那就很难再回头了。

这是再真实不过的生活。当我们还是小姑娘时，如果刚谈恋爱就交往了一个人品很好的男孩子，我们常常并不会觉得这个男孩子是非常难得的。会觉得像小麦这样的好男孩满大街一抓一大把，他对她的感情没什么了不起。

她只有25岁，觉得自己以后会遇到更好的男人（不是指名利上的），有更好的、更激动人心的爱情。

于是她毅然决然地离开了。

但是作为银幕外的我，一个过来人姐姐，看到过这么多女性的命运，就会知道，有可能她真的会运气特别好，后来遇到了更好的男孩，但也有极大的可能，她后来遇到的男人，一个比一个自私，一个比一个不负责任、一个比一个令她失望。

然后她才终于明白，原来男人的基本盘这么低，原来渣男才是遍地跑的。而像小麦这样的男人身上的品质，你小时候以为是个男人就有，长大后才明白是凤毛麟角。

但是呢，这种事也没办法。

人们常常对失恋的人说，别伤心，下一个会更好的。大家总是说得很笃定，就好像他们真的知道答案一样，但这样随口的安慰也不需要负什么责任。他们怎么可能预测得到呢，很可能你已经放弃了你此生能遇到的最好的男人。

不知道，要是问我，我也不知道。我只能说，这都是命。

如果是另外一种女孩，也许她的初恋虽然艰难，但是她在磨难中先遇到了最好的那个自己，早早地成熟，然后再遇到那个最好的男人，她自然会知道他的可贵，会懂得珍惜。

而如果是绢这样的女孩，太早碰上了一个好男人，可是这时候她还没碰到那个最好的自己，她还不甘心，还需要去探索这个世界，需要去找到自己，需要去多谈几场恋爱，需要去爱上几个渣男。她需要被伤过、骗过、碰到头破血流、心碎过又自己捡起来拼好，然后才可以真正地认识自己。

原来老天爷给一个人什么都是有数的，而你在感情上运气平平，其实是命运早就让你遇到了你人生中所能遇到的最好的男人。

这就是命运，是在很多年后的某一天，你偶然回想起来，会恍然大悟的事。

后来，你也许再也没有遇到过更好的男人，但是，你遇到那个最好的自己了吗？

但愿你遇到了。

我们中了
痛苦的毒

我们中了痛苦的毒

很久前看过的电影，很久前想写下点东西，但是有时候会因为懒，因为心里浮躁，就搁置在那里，永远不再提起了，这部《理发师的情人》，却一直让我觉得必须写它一下。其实我一直如鲠在喉、不吐不快的，只是标题的这一句话而已。

年轻的小男孩在美丽的法兰西阳光下长大，他是一个有趣的小男孩，长大后注定会成为一个有趣的男人，他会跳一种莫名其妙的舞蹈，状如抽风，他喜欢城里那个丰满的女理发师，她皮肤渗出的汗、衣领处隐隐露出的乳沟，成了他对女人最初的幻想，因此在成年以后，他遇到了一个女理发师，他向她求婚，她嫁给了他。

这是一对完美至极的爱人，完美到让人难以置信，他们没有野心，男人不意图征服世界，女人也不渴求富贵荣华。小小的理发店，生意也还不错，关上门就是他们的小天地，做爱、谈话、喝酒，相依为命，无人可以打扰，也无须为生计发愁。

来到他们店里的人，仿佛是从纷繁的俗世来到天堂，带着他们各自的烦恼和抱怨。但是这些他们都没有。他们不争吵，因为心灵自然而然地相通。他们没有孩子，因为他们彼此完全拥有，这完美的关系不需要用孩子来维系。至于情欲，他们的情欲是阳光的、健康的，像两棵树一样，自然而然地渴望着对方的身体，不需要任何刺激或者维护。

是的，这就是我们每个人从小梦寐以求的那种爱情，在暖暖的阳光里，这个城市仿佛从来没有冬天，就像他们充满温馨和祥和的生活一样。

然而，这样的爱情故事要如何结尾呢？这么美好的一切，会不会只是一个梦？

她渐渐地开始感到担心和恐惧，因为太美好，所以失去的时候随之而来的必将是加倍的痛苦。终于，在一个暴风雨的夜里，她和他做了爱之后，跟他说“我去买黄油”。然后，她走入雨中，跳入了河里。

每一个在痛苦中挣扎的人都还活着，幸福至极的人却突然死掉了。这是多么令人想不通的一个结局啊，我们在有生之年千辛万苦地渴求幸福，但是当幸福来临的时候，有的人却因为害怕失去的痛苦而选择了结束。

这部电影，我看了两遍。第一遍看是在一个傍晚，关掉手机，不上网，整整一个星期与世隔绝，躲在房间里没完没了地看电影。那是北京的冬天，窗外下着雨夹雪，三环上在堵车，雨雪在汽车的灯光中闪闪发亮，我的小屋没有开灯，只有暖暖的法兰西的阳光，映入我的眼。

第二次看的时候，是陪着喜欢的男人，男人看完就去厨房做饭，我站在门口看他的背影，闻飘来的饭菜香，刹那间被幸福溢满的感觉让人有种失重感，一切仿佛不真实的幻影。你冷眼旁观，知道它注定要结束，也许就在明天，于是想起马蒂尔德，那个跳入冰冷的河中的女子，一下子懂得了她的决定，懂得了她希望人生只在此刻刹那停止的愿望和对失去这幸福的恐惧，所谓幸福至死，不过如此。

没有在黑暗中痛苦摸索过的人大概永远不会明白，当世界突然关掉了灯，那是一种什么样的感觉。

我突然记起一件被人们忽略了的事，这个有头有尾的爱情故事其实只是两个人的一部分故事，当他们相遇之时，他们都已经不年轻了，我们看到的只是这幸福，却从来不知道他们是经过了怎样的跋涉才走到了一起。她也许经受过很多的痛苦，所以才无法相信幸福，比起那些毫无经历的人来说，幸福是理所应当、无须感恩的享受，然而对于一个不曾被上帝眷顾的人来说，受宠若惊也是一种巨大的负担，就像好不容易得到了心爱的玩具的孩子，时刻担心被夺走一切，重新被抛回到黑暗深渊的想象，也可以致人崩溃。

痛苦是一种毒，我们憎恨它、逃避它，但有时候却对它上了瘾。幸福总是让我们感觉好像是在做梦，然而那锥心刺骨的疼痛，却常常让我们感觉是在真实地活着。美剧《24 小时》中的杰克·鲍尔是我心中的孤胆英雄，他永远向往着能过上普通人幸福安静的日子，但是他一次又一次地回到反恐的战场上。有一次，他的战友托尼对他女朋友奥黛丽说，杰克不得不这样(活在痛苦之中)。奥黛丽反问他，他是不得不这样，还是喜欢这样？答案很可能是后者，这我们当然都心照不宣。

我们甚至会爱上这样的自己，因为与痛苦的深沉和伟大相比起来，幸福是如此浅薄和不值一提。人们可以展示痛苦，但是过于幸福有时候却更像是一种罪过。那个曾经为我做饭的男人，也曾总结过自己有尼采的悲剧英雄情结，那是很多人的共同情结，他们很多人都不知道自己中毒之深。岁月的磨难教给了他们如何去承受痛苦，却从未教给他们如何去珍惜和感知幸福。

这让我对比我年轻的一代人多了一些理解，他们并非贪图享乐，他们只是安于幸福，这也没什么不好。只不过，他们可能终究无法看懂这部电影，也不能明白导演帕特利斯·勒孔特的用心，他把幸福一股脑地塞进一个女人的生命里，架空那曾历尽沧桑而沉甸甸的人生。通篇用暖暖的色调讲述的故事，却不是关于幸福，而是关于痛苦。

女人离开的第二天，男人照旧开了门，一个埃及人进了理发店，他们一起坐在沙发上等待女理发师回来，男人给埃及人跳了那段从小就爱跳的、状如抽风的舞蹈，埃及人难以抑制地一阵惊喜："这是我们的舞蹈，你是怎么会跳的？"于是他又继续跳了一会儿，停了下来，坐回到沙发上，继续玩他的填字游戏。

"她会回来的。"他说。

幸福过去了，痛苦也会过去的，在宁静的法兰西的阳光里，世界只剩下巨大的虚无。

人的心，山高水长

邦妮在博客上推荐了《穿越时空的少女》，于是找来看看。这是一个很可爱的故事，年轻的女孩真琴得到穿越时空的能力，觉得好玩，就没完没了地瞎折腾，一点破事儿不满意都要回到过去把它纠正过来。但说是纠正，又不知道往哪里纠什么是正，总之来来去去地非要把事情弄“对了”不可，为的只是和朋友做永远的“朋友”，就保持现状，谁也不拍拖，谁也不离开谁。

就这样子浪费了超能力，真的是好可惜啊，可是这不就是年轻吗，又热情，又较劲，一定要让事情按照自己想法走的那股子劲头，也只有最单纯的少年才有。而故事里另一个拥有超能力的人，那个来自未来的红发少年千昭，他之所以要回到现在，却只是为了看一幅画。比起那些动不动就回到先秦唐朝、改变历史的家伙，我更喜欢这样的理由，历史的事情交给历史，而我只要漫步过时空的长廊，看一看你的脸。

如果这世界上真的有超能力这种事，帮助你回到过去，你会怎样呢？

大学毕业两三年之后，我曾回到过一次校园，我和一位年长的朋友一起漫步在熟悉的林荫道上，看到迎面走来的男孩女孩，我就对朋友说："如果让我现在在学校念书，以我现在的成熟，很多事情我都会做得非常好。"朋友说："但是回到过去，你依然不懂得现在你所懂得的事情，所以你肯定还会犯相同的错误。"

我一直记得朋友的话，于是很早就明白了那样一种想法的谬误在哪里，在后来的日子里，一直都不再提"假如从前……"等诸如此类的命题。

人类一直就是这么喜欢和时间较劲，在人们自己编织的故事里，因为对现在的不满意和对未来的野心，就一次次地穿越回过去，以全知全能的预言者的姿态，改变一切，解决一切。然而，所有穿越题材的故事，都有一个问题始终是无法解决的，那就是人是不可以同时踏过两条河流的，即便你以任何科技的形式达到了，回到过去的也只是你的身体，而你的心，它义无反顾，永远地向前走去，去老，去死，却再也去不了从前。

只因为朋友说出对自己的感情，打破了原来"朋友"的定位，就要一遍一遍地回到过去，改变一切，让一切回到原位。年轻的心，总是这样想要把握一切，然而却在一次次地破坏了自己的"爱情"之后，才发现自己原来是喜欢着那个人的。

在《穿越时空的少女》中，一次次回到未来的只是真琴的身体，而她的心却一直随着事情的变化、故事的发展在成熟、长大。她的心并没有回到最初，她才有机会向前走、回头看，于是看到了一个真实的自己。

青春就是这样单纯和美好，但也就是这样狂妄和无知。逃避将要发生的事情，逃离到过去，改变一切，再回来的时候就什么都不同了。穿越时空之所以这样的迷人，是因为很多人的心太想逃避现实吧，太希望不劳而获，总想一下子回到过去，改变当初的某一个错误，再回来，就万事大吉。

假如当初怎样怎样，假如……这是多么懦弱和浅薄的幻想啊。你的心，走过了千山万水，走到今天，它不可能再回头了，如果你只想改变一切，那这颗心，你拿它怎么办呢？当你真的可以回到过去，找寻青春的梦想，却发现你的心已经老了，它已经变了，那该怎么办呢？

有时候，永生并不是一种幸福。什么都不必改变，就让该来的来，让身和心一起往前走。假如真的有一次让我拥有回到过去的能力的话，我可能也会像千昭一样，漫步过时空的长廊，什么都不去改变，只是去看一幅画，去看一朵花的开放，或者，去看一看那个曾经深爱过的少年的脸庞。和他牵着手，一起去看海。

这一切，就足够了。

要么淡定要么死

因为写东西，我有时候会喜欢看电视上那些情感倾诉、家长里短的谈话类节目，曾经有一个朋友说这是假的，但以我个人写小说的经验来看，写奇幻小说容易，写生活最难。因为人和人之间的那些微妙的感情、鸡毛蒜皮的细节，正是最考验一个作家的事，也是张爱玲口中的生活的底子，哪个编剧要能十年如一日地编出那些节目中的那些对话、争吵、斤斤计较来，那他可以够得上大师的水平了。

所以当看完《又一年》的时候，我深深地对编剧的功力感到钦佩，不愧是 2011 年奥斯卡最佳原创剧本提名的电影。在人和人之间日常琐碎的对话之中，你可以看到所有爱与关怀、矛盾冲突、绝望和希望，以及生活留给我们的不可解的无奈和无法填补的遗憾。这就是人生，一年又一年地这么过，并没有什么惊天动地的事，但是回想起来，它总是在改变中默默地前进。

电影中的两个女主角玛丽和格瑞是二十多年的同事加好朋友，我们对她们之前的友情故事了解甚少，但是当我们看到已经年近五十的玛丽那满脸绝望，奋力地在生活的逆流中挣扎，却屡屡失控让自己愈发难堪的状态，以及她在谈话中抱怨自己的婚姻不幸、生活贫困时，就可以想象得到格瑞这二十多年来是怎样陪着自己这个一路走下坡路的女朋友的。

不嫌弃，不丢弃，不放弃，始终如一地像对待家人一样对待玛丽，屡屡原谅她过格的行为，听她抱怨她的车，抱怨她的前夫、情人，甚至勾引自己的独生子，不介意她给自己惹的那些麻烦。作为朋友，格瑞可谓仁至义尽。

直到有一天，玛丽醋意大发，向即将进入这家门的准儿媳妇发难，格瑞才终于对这位好朋友忍无可忍，把玛丽轰出了家门。

英国人表达情感的方式是含蓄和内敛的，虽然故事讲述的是普通人生活中的小事，好像喝下去的是一杯白开水，但是看过电影之后，这其中的意思却渐渐地回味过来，绕在人心里，久久不能散去。

电影中的格瑞和汤姆这对夫妻，他们的生活是这样的完美，他们身体健康，彼此感情深厚，生活无忧，个性优雅恬淡，就连他们的独子也是一个聪明有礼、重感情的年轻人，即将进门的准儿媳，更是一个有爱心、积极阳光的姑娘。这就是我们每个人心目中那种美好而又普通的人生的归宿吧。虽然没什么大富大贵，但也无忧无虑。

我们也知道，即便是这样的人生归宿，也不是每个人都能够拥有的。格瑞和汤姆身边的亲戚朋友多多少少都有一点问题，有精神濒临崩溃的玛丽，自暴自弃；还有任由自己胖得不像话的肯，年轻的时候很帅，现在却无可救药地终日坐吃等死。这些朋友们窘迫的处境好像和格瑞一家形成了鲜明的对比，会让人一边看一边想：假如生活并没有善待你，假如你的运气不够好，没有一个美满的家庭和可以依靠的家人，而只有破碎的生活，你还能够像格瑞那样保持优雅的姿态去面对这一切吗？

导演迈克·李并没有直接给我们答案，也没有对任何人进行说教，他只是通过玛丽给我们客观地呈现了一个普通人是怎么在生活中失去她最后一点来自友情的支持的。

这么好的朋友是怎么被你弄丢的？这个过程是微妙而又说不清道不明的，所以要把它描述出来，需要更深厚的功力和洞察力。当格瑞选择和玛丽断绝来往的时候，也许每个用心看电影的观众，都会对玛丽又是同情又是无奈，并从中得到一点启发。

有时候当你的人生一路下坡，总是没有办法有起色的时候，很难说得清是你的运气不够好把生活搞糟了，还是你的生活态度不好把运气搞没了，或者可以说，是自己的态度、运气的因素，最后互相作用形成了一个恶性循环，把你的生活越搞越糟。开始的时候只是运气不好，但是你抱怨着抱怨着，那坏运气就像生根一样在你的生活里不走了。

一个人，特别是像玛丽这样的一个女人，越是面对破碎的生活，越是年纪大了，就越要挺住，越要活出个精气神儿来，要活得有尊严，绝不能依靠别人的施舍和同情过日子。否则早晚有一天，也会像玛丽那样，连最后的朋友都失去了。

所以，去健身吧，去做美容吧，去给自己买漂亮衣服吧，这是一部深刻的电影，却唤起了我肤浅的信心。可是，谁又能说这不重要呢？

当我看到那个重达二百斤的肯的时候，就想起亦舒曾经说过的那句话："人生最要紧的是姿态二字。"有时候别人怎么对待你，都取决于你以什么姿态对待生活，对待自己。如果一个人把"loser"这个词都写在脸上了，那么人们只会像躲避瘟神一样躲避他，他的坏运气就更加没办法驱散了。

不信你看看玛丽，她自己就是个 loser，可是当她遇到状态更糟糕的肯向她示好时，她也要远远地躲避开。没有人会爱上一个把"loser"写在脸上的女人，只有比她更"loser"的肯，其实这也是她自己没有男人爱的原因，可惜她并不知道。

一个姿态很差的人，真的会没人爱，善良的朋友看在往日的情分上只是在容忍，但这并不是他们的义务。没有人可以要求他人无休无止地容忍一个 loser，这样的人最终只会被抛弃。

而当我们反过来看汤姆和格瑞的为人处世之风，看到他们是如何对待那些朋友，特别是落魄的 loser 朋友的，也许会明白，好的生活态度并不能决定你一定会过上好生活，但好生活却一定是因为有一个好态度。

我喜欢导演迈克·李的叙述方式，表面上冷淡，但镜头所到，却处处可以看出他对那些普通人的懂得和慈悲。能关注，肯把目光放在普通人身上，就是因为心里有爱。

我们的生活太平凡，有时候我们之所以不知道我们是怎么把生活搞砸的，是因为生活一年又一年地这样过下去，它太普通、太悄无声息，没什么轰轰烈烈的事情发生会让我们警觉，结果等到我们明白过来的时候，很多事情都已经无法挽回了，而导演捕捉到的，正是这一点。

想想看，如果没有对平凡的普通人的深刻理解和关爱，谁会在意这些婆婆妈妈、鸡毛蒜皮的小事呢？这爱也许不是热情似火，却温暖我心，甚至让我有一种感觉：这电影是更高明的励志片，用黑暗点燃光亮，用冷漠点燃热情。

在电影的最后，格瑞重新接纳了玛丽回到这个家中做客，并要玛丽答应自己去看专业的心理咨询师。导演给这艰难的生活留了一个有那么一点光明的尾巴，虽然前路漫漫，玛丽的眼睛里依然是空洞和绝望的眼神。我们并不知道这女人最终是否会好起来，但是至少这让我们看到，人和人之间不仅有利益，还有“情义”二字，虽平淡如水，但亦弥足珍贵，值得珍惜。

《又一年》中没有大明星，但是演员们的表演真是太专业、太出色，特别是扮演又可怜又令人有些难以忍受的玛丽的莱丝利·曼维尔，她是我心目中的年度最佳女主角，她在片中的表演，让我不由想起《欲望号街车》里精神濒于崩溃的费雯·丽。

如果你能静心看进去这部电影，看得懂老戏骨们眼神之间的互动和脸上微妙的表情，你就会明白，还得是英国人来告诉你什么叫内心戏。

我在整个看电影的过程中，就一直担心玛丽出状况出丑，为她一次又一次地跌落而感到难过，希望她那已经千疮百孔的心不要再受到伤害。这电影的紧张力，是另一种来自观众内心的，需要你对玛丽有慈悲之心才会有的紧张。我看到有观众说导演的叙述太冷淡，没有爱，其实不是导演没有爱，而是有些观众没有罢了。对那些失意的可怜人没有同情的观众，是不会体会到导演的那份良苦用心的。

海明威说："一个人可以被毁灭，但不可以被打败。"也许并不是每个人都能成为人生的大赢家，但是面对失意的人生，无论如何，请淡定地保持风度地活下去。默默无闻也好，平平凡凡也罢，重要的是，一个人只要活着，再怎样一无所有，也不应该把做人的尊严和风度也输掉。否则的话，就真是还不如去死好了。

死是自由岸

作为一个女人，我当然不可能同情一个强奸犯，所以在看到这部电影一开始就冷酷无情地把强奸场面展现给观众的时候，我很感兴趣的是，接下来它到底想要说什么。很显然，它不可能是讨论“一个强奸犯是怎样养成的”这种社会问题，如果是这样的，那么这个故事不应该从这里开始讲、这样地讲下去。所以我在看过电影之后又找它的资料来看，才发现这部被中文翻译成《纵欲》的电影，其实叫作 *Free Will*，又被翻译成《自由意志》，这才是配得上这部电影的名字。

这让我想起我之前最后一次做“普鲁斯特问卷”，其中有一道题：你最恐惧的是什么？我当时的答案是：不能自杀！我每隔几年就会做一次“普鲁斯特问卷”，每次给出的答案都会和从前有所不同，但是这一次，关于这个问题的答案，我知道它不会再更改了，一直到死为止。

2007年的大年初三，我的父亲在老家的医院里去世。在去世之前，他有三年的时间都卧病在床，不能喝水进食，无知无觉，浑身插满管子，吃的东西要靠家里人磨碎了，用注射器通过鼻饲的管子推到胃里去。人们随随便便地翻动他，就像翻动一袋什么东西，你不能埋怨他们心里没有敬意，很多事情只能如此。我心里很难过，比后来看到他去世还难过，我不知道他是否真的想要活下去，但也只能如此，反正他也没的选择。

后来我就开始想人的身体这个东西。这一辈子，我们都要伺候它，照顾它，努力赚钱给它买大房子住。饿了要吃饭，渴了要喝水，需要的时候还要做爱。怕它病，怕它累，怕它老，它没完没了地要这要那，满足了它，快乐只有那么一点点，而且稍纵即逝，但如果不满足，人就会生病、沮丧，甚至变态。

而这一切，并非我们本来想要的，我们没有要求被生到这个世界上来，我们没有要求被困在这个肉身里，没有要求把自己生得美或者丑、胖或者瘦、健康或者患病，但是我们就这样来了，而人生，这莫名其妙的舞台，一旦被迫登场了，却不是那么轻易就可以退场的。

《自由意志》中的西奥，可以作为这件事情的一个极端糟糕的范本，作为一个性欲亢进的精神病患者，他的身体里住着一头凶猛无比的野兽，他的意志根本无法驾驭它，却反被这野兽驾驭着四处害人。他残害妇女、打她们，在滚烫的炉子上扒光她们的衣服强暴她们。

假如他只是个为了肉欲活着，什么也不想，完全没有人性的白痴、混球也就罢了，但是他偏偏又不是没有灵魂、没有爱。他从精神病院被放出来，想过正常人的日子，每天认真吃医生开的药，一丝不苟地工作，老实过日子，没有什么朋友，也不敢接近女色。他努力克制自己，常常和身体里的野兽斗争，有一个夜晚，他甚至已经闯入了陌生姑娘的家，却又活生生地把自己从罪恶的边缘拉了回来。

平静的夜色里，没有人会知道一个男人内心深处压抑而克制的痛苦，没有人知道时刻苦苦挣扎在崩溃的边缘是一件多么痛苦的事，那一刻，我看着这个男人绝望而孤单的表情，甚至忘记了他所犯过的罪。

吃药没有用，爱情也许有用吧。朋友给西奥提了个建议，不如找个女朋友，过正常的性生活，有正常的发泄性欲的渠道，问题自然而然就解决了。他决定试一试，于是当奈特西出现在他身边，西奥第一次打开心门，开始尝试着去爱。

两个同样被上帝遗弃的孩子终于找到彼此，他们坐在教堂里，在上帝面前，听着圣歌，互相看着，安静地哭泣。那一刻，阳光洒满屋子，我几乎相信，人生的这么多苦难终究是可以得到救赎的，平静幸福的日子就要来临了。

事实上，他们也的确过了一段相濡以沫的好日子，散步、购物、做爱，相依为命。然而有一天，当西奥看到奈特西一次很平常的朋友聚会之后，他病发了，他内心的野兽咆哮出闸，愤怒将他燃烧，致使他又一次袭击了一位偶遇的女性。

吃药是没有用的，爱情也是没有用的，那个叫作欲望的东西，它一直在他的身体里，窥探着他，伺机反扑。而这一次，他也终于明白，如果他压抑自己的欲望不去做爱，不和人接触，最后压抑会让他崩溃，身体里的野兽它要吃人。和人接触，和人相爱，却又因为太想爱，太怕失去而受到伤害，那野兽被嫉妒和愤怒激发出来，它还是要吃人。所以他是爱也不可以，不爱也不可以。

幸福近在咫尺，然而他却得不到，他对奈特西说他恨她，其实他恨的是自己，是这样的生命。因为他终于明白，他被囚禁在自己的身体里，活在自己的地狱里，一辈子也休想得到解脱和自由。

真是让人唏嘘啊，看着那张饱受折磨的日耳曼人的脸，再看看奈特西去拜访的那个被他残害过的女人，你如何能忘记他是个强奸犯，原谅他对那些女人犯下的罪。但又如何能不体谅，他和每一个人一样所受的苦。这不是他想要的人生，不是他想要的身体，也不是他想要的生活，但是他无能为力。

直到最后，他终于决定结束自己的生命。他将刀片长长地、深深地划入自己的动脉，坚决而有力地不留一丝余地。奈特西追来，和他说："把刀片给我。"他说："不。"这是他留给这个世界最后的一句话，一个字。相对于他度日如年的生命来说，他的死很快。

他死在奈特西的怀中，这是电影唯一的一点点暖色，他终于等到了一个由始至终都没有抛弃他的人。当曙光来临时，只有两个人还留在沙滩上，安安静静地听这世界的声音，海鸟的声音，波涛拍打着海岸的声音。我想起弗里达·卡洛在她的日记里留下的最后的话：“我希望离世是快乐的，我不愿意再来。”

他终于自由了！这不是关于一个强奸犯的纵欲的故事，而是关于活着还是死去的故事，是关于死是人类最终唯一能做出的自由选择的哲学的思考，因此它的片名才会叫作《自由意志》而不是《纵欲》。

我想起有人曾经告诉我，因为生命不是我自己给予自己的，所以我没有权利结束它。可是，为什么？为什么我没有权利？为什么别人有权力来决定我的生死，而我自己却没有权利放弃这个硬塞给我的叫作生命的东西？

我们一生下来，就被赋予了社会属性，作为社会的一员，必须要按照别人给我们规定的游戏规则去卑微地、可怜地活着。如果我们懂事、乖、听话、遵守法律法规，我们就被允许活下去，如果违反了它，就终将被处罚，甚至可以被合法地处死。

所以，我们无法按照自由意志去决定的事情太多了，我们无法决定自己的出生，无法拒绝被搞到这个世界上来，我们无法决定这个世界的游戏规则，只能按照已经规定好了的去生活。我们甚至也无法决定我们自己身体里的欲望，很多人以为放纵自己的欲望是一种自由，其实那也只不过是做了自己身体的奴隶而已。

而事实上，你从生下来，唯一能够凭借自己的自由意志决定的事情就是——拒绝再玩。

生命，正因为可以结束它，才变得可以忍受吧。这一个终极选择的意义，并非在于你最终真的去选择自杀或者活下去，而在于这个选择一直都存在于这件事本身。只要你还身体健康，不像我的爸爸那样全身插满管子地躺在那里，只要你还能拿得到药瓶，还能扣动扳机，能站上凳子、绑上绳子，能走入大海，能纵身跳下悬崖，只要你还能做这些，自由，就一直都还在。正因为你有选择的可能，你才归根结底是一个自由的人。

我相信梵高在麦田里开枪的时候是清醒的，弗吉尼亚·伍尔夫女士也是，他们之所以会选择死亡，并非因为他们厌倦了生，而是因为病症让他们清醒的时候越来越少，疯狂的时候越来越多，而当他们彻底陷入疯狂的时候，等待着他们的是疯人院，是丧失理智、浑浑噩噩、任人摆布的余生，那时候，他们连选择退出的自由也没有了。因此，在他们失去最后可以做出自由选择的可能的时候，他们做出了自己的决定。

西奥也做出了自己的决定。是厌倦也好，是憎恨也罢，他最终选择杀死那怪兽，也杀死自己，这是他此生能做的唯一自由的选择，也是他对命运最后的反抗。

我的决定是好好地活着，因为我认为自己可以死，有权利死，也有能力死，所以我决定好好地活下去，不在意别人的眼光，不在意孤单或者痛苦，不在意未来的路是多么艰难，这是我以我作为一个人的自由意志作出的决定。假如有一天，我决定离去，谁又能抓得到我、捆绑我、束缚我、评判我、惩罚我？不，没有人能够，我将超越这一切。

老实讲，自己做出选择而活下去的人生，让人感觉舒服多了。正因为这是自己做出的选择，这人生才可以无怨无悔，这条路才可以不慌不忙、不急不火地走下去，因为你知道你随时可以退场，所以你不必这么急着去死，人生再绝望，也可以留下来，慢慢欣赏。

在你还能选择死的时候，选择好好地活下去，我想这才是死亡赋予生命的意义。

关于我父亲的一切

因为好几个朋友推荐，所以我在看《大鱼》之前对这部电影期望非常高。然而不幸的是，当一个个本应该属于梦幻中的人物真真切切地出现在电影中时，作为一个熟悉好莱坞套路的观众，我早已猜到了电影的结局。对于观众和导演来讲，这都是一件糟糕的事，我已完全出戏，时不时地想起《阿甘正传》，在炎热的夏夜，把空调一会儿开一会儿关。

伊万·麦克格雷格真的老了啊，我看着他眼睛里带着六十年代人那种特有的梦幻的表情。心里总琢磨着他的那种下巴，英语里好像有一个专门的单词管这种下巴叫“fossette chin”，不知道自己记没记错。据说这是尤物的标志，不分男女，中国的演员，我只记得林青霞有。倒是那个老演员，时时地让我想起那时尚健在的父亲。他总是在和我的母亲闲聊着天，一脸的神采飞扬，把他那讲了几十年的豪情壮志再讲一遍，纯真如一个孩童一样。

看到电影中的麦克格雷格在父亲的病榻前追问“你到底是谁，你到底是个什么样的一个人，我好像从来只看到冰山的一角”，我想起自己也曾是这样，带着对这个创造了我的男人的复杂的感情看着自己的父亲，想问他这个问题，只不过我从来没有真正问出过口。

在我模糊的记忆中，父亲是最亲近的陌生人。在他得了脑出血半身不遂之前，所有关于他的记忆都是遥远而不真实的。和《大鱼》中的父亲一样，我的父亲也是一个会讲故事的人，他的故事是我童年最重要的一部分，在一个小女孩心中，是和电影里一样梦幻和神奇的存在。也许正因为如此，我才可以真正明白父亲对儿子说的那句话：“我从来没有骗你，你看到的我，就是真实的我。”

做儿子会是一种什么样的感觉？那就是真实的他，虽然他为我构筑的世界并不是真实的，我并不是真的公主，这世界并不是真的靠善良就可以获得幸福，有才能的人并不总是会最后取得成功，但他是真的相信自己的那些故事，他确实没有撒谎。

是什么时候，父亲无法再把他脑子里那些稀奇古怪的东西塞到我的脑子里来了呢？是什么时候，我开始觉得父亲教给我的看待这个世界的方式太幼稚、太虚幻？是什么时候，我开始为父亲满脑子的理想主义而感到尴尬？是什么时候，我开始觉得我可以更正确、更冷静地去解决问题，像一个成人一样，而我的父亲却更像一个活在他自己虚构世界里的孩子？

我并不知道这些变化到底是什么时候发生的。也许它不是在某一天来到，而是一点点地潜入到我的心里。冰冷的世界用其冰冷慢慢将我们包围，赶走了我们心中的童话。

那些爱自己的孩子的父亲大概都会试图在孩子的脑子里营造自己的某种形象，这是他们借以获得重生的一种希望。看完《大鱼》，我对人之所以需要生孩子这件事重新有了一个理解。

从前我总觉得它只是一种社会责任，而今我明白它是人们寻求永恒，在这个世界留下印记的一种方式。然而孩子是会长大的，这是一个残酷的现实，他们会对你做出判断，对你的行为和思想嗤之以鼻。他们身上带着你种下的深深的烙印，反过来怀疑你甚至伤害你。他们不知道自己正成为和你一样的人，而你自己也不知道。

直到有一天，儿子终于在父亲的病榻前，用父亲的方式完成了父亲的故事。儿子从来不缺少讲故事的天分，那些深深植入他内心的关于童年的记忆，曾经像雨露一样滋养过他成长的记忆，如今都回到他的身体里来。

无论我们接受也好，不接受也罢，我们都是他们的子女。在某一个夏日的午后，我看到我的父亲拿着我第一次在刊物上发表的文字反复地看个不停。我并不为那豆腐块儿大的文章而欣喜，可是那一刻，我知道我身体里流淌的一些东西，是他给我的，不能抹杀。

我的父亲是一条大鱼。很多年后，我终于明白如何看待他和他的故事。他一生追求自由，用他自己的方式冲破人生这重重的枷锁。他使每个在他周围的人都相信这个世界并非无可救药。最重要的，他给了我们这些孩子一颗体会得到美好的心和追求梦想的勇气，在曾经走过的漫长岁月里，在我不断地克服自己和周围的困境的日子中，让我一次一次地重新振作起来，坚强地活过来。

我从前以为那只是我自己走过来的路，但其实他一直和我在一起，在我的身体流淌着他的血，在我的灵魂深处有他的精神，从未离开过。

在电影的最后，儿子终于明白了父亲到底是一个什么样的人，他是幸运的，这对每个人来说都是一件十分重要的事情。当我们终于可以理解自己的父亲的时候，我们才能够真正地懂得自己从何处来，将向何处去。有些东西将会改变，但有些东西将永远不变。是延续生命的意义。

于是我想，如果有一天我有了自己的孩子，当他们问起他们的祖父，我也要像电影中的儿子一样告诉他们：

> 我的父亲，他是一个了不起的人，是一个会讲故事的人。他其实是一条大鱼。他永远不会死去，因为我还活着，我还在讲他的故事，还有你们，有一天你们会明白这个故事并把它讲下去。而这，就是永恒。

只愿你曾被这世界温柔相待

星期天的晚上犯了糊涂，把星期天当成了星期六过，半夜十一点翻出《入殓师》来看，结果看到一点多，两只眼睛肿得像桃一样地去睡觉。

2007年的春节，我的父亲去世，早上醒来的时候，母亲从医院打电话过来，说父亲不行了，让我赶紧过去，把平素里准备好的衣服和鞋帽都带去。我迷迷糊糊地按照母亲交代的跑到柜子里翻找。这样的事情，在父亲生命里的最后三年不只发生过一次，于是这让我心里还抱着一线希望，也许——还不是这一次。

但是，就是这一次了，该结束的终究要结束，我跑到医院，已经有很多人在屋子里面走来走去，我有点发蒙，记不住他们的面孔，但是我知道，悲伤的只有我母亲一个人。

我长这么大以来，从没办过丧事，母亲也并没有经验，于是我莫名其妙地被什么人领到楼下的寿装店里去买给死者身上盖的单子，还有嘴里含的铜钱、脚上垫着的脚垫。

寿装店里的灯光昏暗，几个人在打麻将，一个人叼着烟，找出个绣得非常粗糙俗气的缎子被单来，还有其他的东西，说，八百块。我很吃惊，但是想到在楼上等着的母亲，我说，四百块，那个人很不高兴，说这种事还能讲价啊？我说那就不要了，我本来就觉得我爸爸不该盖这种东西。他一听，赶紧把那些东西一股脑地都塞给了我，抢过我手里的四百块钱。

我回到楼上，医院的医生跟母亲说，你们要尽快把人拉走，你们不能把他放在这里。母亲说，我儿子马上就赶来，我想让他在这里看到他父亲。后来哥哥来了，母亲抱着他哭，哥哥没哭，我们忙着联系殡仪馆之类的事，我只是看着哥哥在没人的时候，偷偷地躲在窗户边抹眼泪。

把父亲抬下去的时候，殡仪馆跟着过来的某个人叫我和哥哥对着灵车磕头，我和哥哥都磕了，站起来，他们就管我们要两百块钱，说是因为他指点了我们，要收开口费。给完了钱，我才开始稍微恢复了一点思考能力，突然意识到在父亲病房里绕来绕去的陌生人，都是干这个的。他们像秃鹫一样围在尸体旁，等着分食死者的尸体。

趁失去亲人的家属悲伤之际，能多捞一点钱就多捞点，这种感觉在送父亲去殡仪馆的路上更明显。殡仪馆的路旁不断地有人跟着我们的车一路走，一路说着各种套话，后来在殡仪馆，我们把父亲的遗体从一个地方送到另外的地方去入殓，灵车前也围了很多这样的人，嘴里念念有词，不给钱，他们就一直跟着不肯走，司机跟哥哥说，你只要给他们每人十块二十的就行了，哥哥终究没给。母亲后来说，那一刻，那些人给人的感觉，就好像地狱里的恶鬼一样围上来。

但这只是殡仪馆外面的人，其实殡仪馆里的人也好不到哪里去。父亲遗体告别的时候，莫名其妙地进来一个穿着制服的军乐队，排队站好后就要演奏，哥哥想起来就突然问他们，这个是另收费的吗？领头的那个女人含含糊糊地回答，诸如哪家遗体告别不需要哀乐之类的话。哥哥又问，我们是要放磁带，你们是另收费的吗？问了三四遍，才知道，另加两千块钱。哥哥强忍着怒气把他们轰走了，走的时候，那女人故意用谁都可以听得见的声音说，付不起就说付不起……

说了这么多看上去和电影不相关的话，但是我想，曾经失去过至亲的人，知道我在说什么，看懂了《入殓师》这部电影的人，也知道我在说什么。

性格懦弱，总是怯生生的小林君，在走进死者家中的时候也是被人指责为“赚死人钱的”。但当他的手温柔地握着死者的双手，抚摸过他们的脸颊、额头，为他们擦拭身体，为老奶奶穿上丝袜，为儿子梳好头发，为妻子点上口红的时候，失去亲人的人们知道他们把自己最爱的人托付给了值得信任的人。

我的父亲卧病十七年，最后三年，他浑身插满管子躺在那里，被人们搬来搬去，翻来翻去，我一直很希望人们可以对待他温柔一点，但是我无能为力，我不是医生、不是护士，也不是殡仪馆的工作人员，我不能挑人家的不是。

这个世界上，粗暴是大多数普通人对待他人的方式，我们被粗暴地对待，然后又粗暴地对待别人，这似乎已经成为一种循环，大多数人内心已经麻木，浑然无觉。所以，在一个连活人都不能被温柔对待的世界里，就更别说对死者的尊重了。

是因为这样，佐佐木先生才一眼看到了小林君内心里的温柔吧。他像一个孩子一样的软弱，没有竞争能力，却善良、温柔得可以平等对待每一个死者，不管他们是怎样的死法。内心里还有这样的温柔的人，在这个冷酷的世界里，是多么难得的珍宝啊。

看电影的时候，我一边流泪一边想，如果是我的父亲，要是也能让小林君来帮助，温柔地握着他的手，走完最后的路，那该有多好。《入殓师》的英文海报上，有一句话写道："The gift of the last memories.（最后的时光里，给你的一份礼物。）"而我关于我父亲的最后的记忆，是充斥着那许多粗暴贪婪的嘴脸的记忆，太不美好了，所以很少回忆。能遇到小林君这样的人是多么幸运啊。它照亮了生者的回忆，的确是上天的礼物。

作为一个内心深处的自毁者，我活在一个人人互相粗暴以待的世界中，我从来不曾奢求我自己可以死得其所，我可以对自己很无情，可是在我不曾被温柔对待过的此生里，仍然有我内心最柔软的部分，长在我爱的人的身体里。我深爱过的人，我是多么希望你们能够被这个世界温柔地对待，哪怕是在你们离去的时候，能够有一双手温柔相握。

小林君，谢谢你曾经这样温柔地对待这个世界。在这样的世界里可以用自己的温柔的方式生存下去的人，是了不起的人。

我知道这个世界，是那些粗暴、强壮而冷酷的人们的。他们崇尚无情，以为这样就可以让他们少受痛苦。但是，当我审视自己的内心，发现在深深的地方，温柔还在，我还可以，用我自己温柔的方式，对待这个世界，那是很好的一件事情。好得就像，在尘埃里静静绽放的一朵花一样。

有爸爸的女孩才是公主

我看电影一向跟不上潮流，但还是在第一时间把戴立忍的这部《不能没有你》找来看。整个电影是黑白的，没有了那迷人的台湾风情，没有了高高的蓝天白云，电影少了一份梦幻般的色彩，多了一份现实中的残酷。但是，无论现实是如何残酷到不留一丝色彩的，也挡不住父女之间那份感情。每一个女儿，都会在看这部电影的时候看到自己的父亲，或者相反，我们正是因为思念自己的父亲才来看这部电影的。

父亲的女儿，女儿的父亲，我猜想这两类人会构成这部电影的观众的绝大多数。因为这种感情的微妙之处，只有父女之间才能真正体会得到，它和父子、母女、母子之间的关系都不同。而一个男人，也许只有在他有了一个女儿的时候，才会真正看得懂这部电影，才能体会得到这种柔情。他和一个男人对待母亲、对待妻子的感情，也是大不相同的。

每一个女孩都是公主。这么好听的一句话，相信很多女人都听过，但是身为女人，我们都知道那不是真的。长大了偶尔想起来，笑笑就过去了。我们要么独自生活，承受这世间的冷言冷语；要么为人妻、为人母，每天和男人一样去赚钱养家，一起还房贷、供车，上有老下有小。要照顾到这个人的情绪，伺候到那个人的身体，不磨成个碎嘴老妈子已经不错。关于公主的话，那只是童年时候的一个梦而已。

然而，如果这个世界上，但凡有那么一个男人，会在他的一生中，始终如一地把你像掌上明珠一样捧在手心里，永远把你当成一个没有长大的小女孩来疼爱你，那么这个人，不会是我们的爱人、情人、儿子或女儿，甚至不会是我们的妈妈。这个人，只能是我们的爸爸。

对于一个女人来说，如果这个世界上，但凡有一个男人，绝对不会背叛你，不会离你而去，想和你一直在一起，无论你遇到什么样的困难，都会不顾艰辛，立刻来到你身边的，那么这个人，也一定是你的爸爸，而不是别人。

我们的爸爸，他们大多数都是普普通通的男人，不是李嘉诚，不是乔治·布什，也不是什么了不起的大人物，他们高矮胖瘦各不相同，他们身上有这样那样的毛病。他们有时候总是做错事，有时候行为幼稚，有时候甚至不近人情。他们有人郁郁寡欢，有人终身不得志。也许他像《不能没有你》中的武雄一样，要靠搏命的钱才能养得起女儿，但如果你有幸能够有一个疼爱你的爸爸，那么无论外面的世界如何风雨飘摇，在这个地球上的某一个角落，在爸爸的世界里，你也永远是公主。

“爸爸，你在海里都好久，我想和你在一起。”

“妹仔，看得到我吗？”

“看得到啊！”

“海那么深，你怎么看得到？”

“我一直看、一直看、一直看……就看得到……”

我三岁的时候，爸爸因“政治问题”被强制参加学习班，几个月见不到。一次在公园偶遇，我狂奔过去，搂着爸爸的脖子，一边哭一边摸着他的脸问他，爸爸你不要我了吗？妈妈后来说，那一句话，把爸爸问得老泪纵横。

小学的时候，上学被自行车撞到，脚扭伤了，整个肿了起来，竟然还坚持去上学。同学说，装的吧。我一声不吭，一滴眼泪也没掉。放学了，一步步地蹭到家，在门口正好遇到爸爸下班，看到第一眼，就放声大哭。

和男朋友分手，回家告诉爸爸，此时的爸爸已经瘫痪很多年，坐在轮椅上，握着我的手说，没什么大不了的，爸爸会养你。

住在高雄的九岁女孩妹仔，在被社会部的大人们带走离开爸爸以后，再也没有说过一句话。

爸爸穷、潦倒、老实、没念过书，说话翻来覆去都只有那么几句，不能给她衣食无忧的生活，不能帮助她抵挡这世界的不公平，爸爸自己也是个小人物，要承受的东西太多太多。但是，爸爸终归是爸爸。离开了爸爸的女儿，即使穿雪白的袜子、锃亮的皮鞋、神气的小学校服，也终究只是浮萍，再也不是公主。

她知道她的爸爸会找她，一直找，一直找，一直找下去，所以她也会等着他，一直等下去，等到他从水下浮上来，他们终归会在一起。

我曾经想，如果爱一个男人，就要给他生一个女儿，即使他有了儿子，也还要让他有一个女儿，让他在六十岁的时候，还有人搂着他的脖子跟他撒娇，批评他不听话，给他买温暖的鞋子，帮他装烟斗。而每一个女儿，纵使各有各的命运，但是只要她有一个疼爱她的好爸爸，那就不能说，这人生从来没有给过她礼物。

我的爸爸，在我上中学的时候就得了脑出血半身不遂，这一病就是十几年。我曾经羡慕过人家的爸爸可以接送自己放学，被人欺负的时候有人替自己出头，考大学的时候会帮忙指导填志愿，找工作的时候会找找门路、托托关系什么的，这些我都没有经历过，我什么都要靠自己。

也不是没有为此埋怨过自己的命运，可是有一天，爸爸把我叫过去，拿他打好的书稿给我看。爸爸在生病之后，一直在用一台破旧的老式打字机写作。说是写作，其实他的脑子因为已经被破坏，写出来的东西，其实都已经语句不通没法看了，只是他不知道而已。

爸爸说，放心吧，我会赚很多钱，留给你和妈妈。我看到他斑白的头发、苍老的脸，我知道他什么都做不了了，但是我的内心里是多么感激又难过。

很多年后，看这部《不能没有你》，很多人从写实主义啊，电影手法之类的去赞也好、骂也好，都不关我的事。我只是在阿雄身上，看到了我年迈的、平凡的、一生努力的老父亲，这世界上唯一把我当作他的公主的男人。他让我心疼。

到如今，父亲已经去世多年了，我自己也老大不小。最脆弱的时候，还是会想，如果爸爸在该有多好，最痛苦的时候，还会去取出爸爸的骨灰，在烈士陵墓的花园里，抱着爸爸的骨灰，好好地跟爸爸哭一场。

我曾经很多次梦到过爸爸，很奇怪的是，虽然在爸爸生命中的最后十七年，他都是在病床和轮椅上度过的，但是在我的梦中，他却一直是健步如飞，还是那样的健谈、大笑、爱唱歌。梦醒的时候，我都会坐在床上回味良久。清晨的阳光照在我身上，窗棂的影子打在被子上。如果这个世界真的有天堂，我想托天使给您带去我的信：

爸爸，如果有来世，我还做您的女儿。

在电影的结尾处，爸爸和女儿终于重逢，船儿带着爸爸从远方驶过来，他们彼此凝望着对方。我凝视着屏幕，看着渐行渐近的一对父女，甚至忘记了哭。

那一个镜头，仿佛和父亲在天堂里相遇。

做个好人有几多难？

朋友是一个做学问的人，最近和我聊到了她的烦恼。这烦恼是关于现在的学术圈的，不用说大家也听说过一二，这个圈子歪风邪气很盛，有很多的潜规则，并不像表面那么公平。评定一个学者，要看他在所谓的核心期刊发表了多少文章，现在这些事都是可以用钱搞定的。

于是朋友就很苦恼，她是有实力的人，论真功夫丝毫不怕竞争，如今却发现自己埋头做了十几年的学问，完全靠实力行不通了，那些明明并不比自己更出色的人，倒是风生水起，通过一些手段捷足先登。可如果自己也去做这些手脚，就会很痛苦，因为那会成为自己鄙视的人。而不去做，又不甘心就这样眼睁睁地看着别人不劳而获。

朋友讲完了这些就问我，这是不是很虚荣啊？我说不是，这样的纠结是很正常的。知道道理总是简单的，但真要放下，对谁都没那么容易。

这让我想起当年当老师的时候的一件事。我当时在一个中学里做代课老师，因为一个有编制的老师生完孩子要回岗位，所以学校要辞掉四个代课老师中的一个。后来我知道，有一位老师冒充家长打电话给校领导，说我教得不好，实际上，我的两个班的学习成绩，一个是十二个班里的年级第二，一个是年级第三。

打电话的事情被我一个在学校的同学知道后告诉我，我们两个人都很气愤。同学就说："要不然你也冒充家长打个电话给领导？"我一下子愣住了，然后憋了半天说："我不行，我做不来。要不，你帮我打？"我同学也想了想，最后叹了口气说："我也不行。干不出那种事儿来。"

于是后来，我成了离开那个学校的人。

前一阵子看《天水围的日与夜》，电影没有什么特别的情节和很狗血的矛盾冲突，只是讲了一个寡居的母亲和她的儿子，如何与楼下的一个孤单的老人成为朋友。

鲍起静扮演的那位寡居的母亲贵姐，是一个我们经常说的那种好人。年轻时候家里穷，先辍学打工供了几个弟妹上学，然后又供儿子，她没念过什么书，只是在超市里打打工，过着老老实实的却也安安静静的日子。对人的关怀和体贴，都是顺其自然的、不给人压力的，若对方很抗拒，她倒也不一定要做什么。

母亲生病，撒娇要儿子和儿媳妇熬燕窝粥给她喝，儿媳妇到最后只给婆婆熬了鱼片粥，贵姐是几个兄弟姐妹中最不富裕的，知道了就真的熬了燕窝粥，倒也没说什么，只叫儿子给姥姥送去，还嘱咐儿子，要说是自己的弟媳妇教送来的。老母亲仿佛也知道似的，喝了一口就和外孙说起来，你这个妈呀，一辈子都痴痴傻傻的，只知道干活。

儿子回答说，“哦”。

我和一个朋友聊起这个电影，朋友说，不相信世界上怎么有这样的好人。我说，也没那么复杂吧，若我是那孤苦无依的老太，你难道不会教儿子下来帮我搬一下电视机吗？难道不会陪我去看孙子吗？我身边的好多朋友都做得到，我自己也会做的。因为我们的本性就是如此。

我喜欢贵姐，不是因为她是个好人，做了这些善良的事，而是因为她只是顺应了自己的本性而已。既不觉得自己有多高尚，也不觉得自己多了不起。不像刘慧芳那种好人，事实上我从小就不喜欢刘慧芳那种好人，善良得如此高调，老是好像牺牲了什么，整天苦哈哈的，跟圣人似的。那样的善良，只会让周围的人都有压力，因为一跟她比起来，别人都是道德低下的，这样就让她周围的人负担沉重得很。但是天水围的这位母亲不同，她就是那么个人而已。

我一直记得《北京人在纽约》里的一个片段，姜文对王姬说：“这个世界上有三种人，一种是从来不做昧良心的事的人，一种是良心被狗吃了一半的人，一种是根本没有良心的人。头一种和后一种，是从来不受良心的责备的，只有良心被狗吃了的人，才会一辈子不得安生。”然后王姬说：“你是说你想让狗把你的另一半良心也舔干净了是吗？”

中国是一个讲厚黑学的地方，我经常看到很多人，甚至是刚刚毕业的年轻人发出感慨：社会如此黑暗，唯有把自己的良心和原则都出卖了，才能够立足。很久以前，我也是这样想的，并为我不能做出那些明明知道有利可图的事情而苦恼，就像我那位做学术的朋友一样。因为缺少厚黑的能力，像我们这样的人，似乎将永远不能获得这个社会所谓的“成功”。

可是，后来经过了学校的那件事，我也算彻底把自己想明白了，我就没有人家那种什么底线都不顾、只考虑自己的本事嘛。厚黑的那种事，看上去好简单，但是对我这样的人来说就是好难啊，如果我那样做了，就会受良心的责备，就会鄙视我自己。

所以，那就这样咯，不能获得，就不获得呗，我天生就是这样的人呀，我爹妈从小就没教过我这一套呀，既然这样，不如就按照自己的本性来生存好了。不会厚黑就不要学人家去厚黑，就老老实实干活好啦，老老实实写字做人，到现在看来，不是也没饿死，不是还活得也可以吗？

“好人就是道德高尚的圣人和傻子，因为我不可能做圣人，所以我不会那么要求我自己”，这是我们现在流行的一种想法。但看完了《天水围的日与夜》，我由心里佩服贵姐，却不是因为她是什么道德高尚的圣人，而是因为她是一个知道自己是谁、知道自己想要什么就做什么的人，她是在这个人人浮躁的世界里，始终有自己的节奏、不随波逐流的人。她虽然念书不多，但却是懂得顺乎自己本性、不强求的聪明人，也是一位懂得舍得并真正做到的有智慧的母亲。

对于很多人来说，要有钱有房、有名有利，这样才叫作有所得。但是像贵姐这样，内心安详平静，快乐知足，又培养出了一个同样如此的儿子，这难道不也是上天赐予的礼物吗？她做人达到的境界，有的人一辈子都达不到。

话还是说回我的那位朋友的事吧。最后两个人说起应该怎么办的时候，我说，你可以去试试，看你能不能做到别人做的那一套而不鄙视自己，要是实在接受不了，不再做下去就是了，若是可以，就也顺其自然好了，这样至少也甘心。她说，就怕发现自己真的成了那种人。我说，不会的，你该是什么样的人，就是什么样的人，你的心会告诉你的。

于是朋友感慨："人到中年，才发现做人好难。"

听到这话，我笑了，想起了《天水围的日与夜》里，贵姐和自己的妈妈，也曾经有过类似的对话：

> "做人好难啊！"母亲说。
>
> "哪有那么难啊。"贵姐在一旁削着苹果，随口淡淡然地回答道。

亲爱的死神你好吗？

曾经有一段时间，我很讨厌思考严肃的问题。和许多对深沉的文艺作品有着天生狂热的人不一样，对生活太过严肃的态度，总会让我觉得透不过气来，所以我向往着过上一种无忧无虑、轻飘飘的生活，最好能天天不思进取、四处闲逛、懒散地谈个情做个爱、混吃混喝什么的。直到后来开始写东西，我才渐渐地开始学会了面对生活里这些沉重的问题，学会了点举重若轻的方式。

这也是为什么我在开始的时候会不喜欢《深海长眠》这部电影，因为虽然我已经能够认真地思考了，但死亡却依然是我不肯认真去思考的一个问题。实际上像我这样的人也不少，作为生者，谁会成天去想着死是怎么回事呢。只不过我这个人也真是奇怪，既然选择了看这部电影，就非要把它看完，看完了还觉得有必要再把它琢磨一遍，写一遍。我想这个世界上如果有一种电影观众属于自虐型的，那一定是我这样的。

这部电影比想象中要闷得多，因为总有一个叫雷蒙的家伙在那里千方百计地寻死，所以无论他的笑容再怎样谦和，电影的色调再怎样亮丽，风再怎么温柔，海再怎么蓝，观众也不可能看得太轻松。

在观影之前，我看过一篇影评，说到雷蒙最后选择了安乐死，却一直努力鼓励身边的人乐观地活下去，始终面带微笑。文章虽然不长，但通篇下来，却是寥寥几笔就活活儿地把主人公刻画成了一个身残志坚的张海迪式的英雄。后来我就想，幸亏我看了这个电影，否则的话，我就会永远被这么扯淡的一篇文章给蒙蔽了。写文章的人根本不懂得一个像雷蒙这样一心向死的人为什么比那些一心苟活的人还要热爱生命，还要对生活有更多的微笑吧，于是就这样硬塞了个理由了事。

要么就是说雷蒙是个失去了生活的勇气的人，人们想到了一种方法来帮助这些痛苦的人脱离苦海云云，这些文章虽然写得不难看，但纯粹是一派胡言，总是让我想起那句“他人即地狱”的话来。雷蒙若真是泉下有知，估计都要被这种误读郁闷得活过来争辩。但转念又一想，也许他才不会，他好不容易才摆脱了这个世界，他早被误读了三十年，哪里会在乎这些，不如让人们爱说啥说啥去。

二十六年全身瘫痪、生不如死的日子。他坚持要死坚持了二十六年，这份执着足以折磨得他身边的人真的把他给弄死了。

整个过程都不被大多数人所理解，因此他越想死，就越死不了，他的死成了社会问题。人们千方百计地让他活下去，很多人认为自己有责任有能力来帮助他，于是跑来和他谈活的意义、活的勇气以及活的责任，他总是静静地听着，然后微笑着说，“请让我死”。有时候他也会发脾气，他拒绝他人对他随意评判，但这也无济于事。

其实他并不是人们认为的那样，不知道生命的美丽和珍贵，不然他的眼中就不会再有那么美的阳光、风姿绰约的女人，他的笔下也不可能再有那么美的诗句。事实正好相反，只有被疾病折磨的人，才更明白生命的价值。而正是因为雷蒙比所有的人更明白这些，他才会毅然决然地渴望着死神的拥抱。

自杀的念头并不稀奇，必须坦率承认，它或多或少地曾经划过很多人生命的天空，只是最后将之付诸实现的人，少之又少而已。

当我们遇到一些事情无法解决，或者只是单纯地厌倦了生活，又或者是现实的桎梏让我们感到难以呼吸的时候，人有时候是会想到不顾一切地去冲破这层层的束缚，去寻找一种解脱的。这种解脱，是一种终极的自由，超越一切之上，且它的决定权一直属于我们，是谁都夺不走的、属于每个人自己的权利。有了这种自由，你才会觉得无论怎样，你都至少有一种方式逃离，那么，现世的苦难与窒息，有时才显得不是那么难以忍受。

“没什么了不起的，大不了就是一死”，遇到绝境的人这样对自己说，会开始努力再为生而挣扎，因为他看到了这结局，生再艰难，但是有死可以结束这一切，于是不妨不要急，再活一活，往下走走看。

加缪说，真正严肃的哲学问题只有一个，那就是人可否自杀。实际上对于生者来说，你最后有没有去自杀，那只是一个结果，它一旦被实施，它的意义就已经不再重要。而更重要的是，你在活着的时候知道你随时可以自杀，无论怎样，你知道你还有一个最后的选择在那里，无论伦理道德再怎样争辩，这个选择权始终是在你手里的，无人可以禁止你，也正因为有了这个终极的选择，像我这样任性的人，才有可能在这个世界上勇敢地活下去，才会勇敢地选择做自己想做的人。

对于这个世界上的一些人来说，给了他们活下去的勇气和活下去的兴趣的人，不是生命本身，而恰恰是死亡。

但雷蒙却是没有这样的选择权利的人，我一直在想，如果他的身体允许，但凡还有一线希望能让他自由地选择死，而不是依赖于别人，如果他知道他可以随时选择结束自己的生命，哪怕他仅仅有能力拧开煤气、吃安眠药、跳下窗台，那么他都有可能有更多的意愿去选择生而不是死。他微笑的时候，都是他坚定地认为自己可以最终按照自己的意愿选择的时候。而当夜幕来临，他感到自己被迫这样无休止地等待下去的时候，才是他歇斯底里的时候。

这样的人，如果你给他一次死的机会，他是一定会去死的，因为他知道，这样的机会不会再来。他和那些随时可以自杀的人不同。

向死而生的人，有时候身上总带着异常美丽的光芒，就好像雷蒙。我看着他的微笑，会想起三毛，三毛的一生都是博爱的、热情洋溢的，她给朋友写信，从来都不怕用上最热烈的词语。现在想来，也许是因为在她的心中，早已经不在乎世人的猜疑，因为她心里明白，她可以做选择。

很多年前，我曾经为她的离去而百思不解，除了伤心以外，甚至感觉自己是受了欺骗，直到今天我才明白，对于有些人来说，正因为可以忘情地死，生才可以如此尽情地灿烂。所以，每当我听到有人对别人说“有勇气死，就该有勇气活”之类的话时，都只是心中淡淡。人们总以为自己有资格评价他人、怜悯他人，但请记住，他们作出的选择，是他们对这个世界最大的藐视。

他站起身来，缓缓地走到走廊，然后开始跑向洒满阳光的窗，一跃而出，开始飞翔。天空很蓝，他飞过花园，飞过麦田，飞过小路，也飞过丘陵，丘陵的后面，是一片深深的海洋。

欢迎来到地狱

差点错过《撞车》这部电影，因为他们在DVD包装上写道，“在未来的三十六小时里，一场意外的车祸把这些生活在洛杉矶却素不相识的一大群陌生人拉到了一起，在短短的三十六小时内，彻底改变了他们的人生”。看到这几句话，我一直把它误解成一个俗套的灾难片，直到它得了奥斯卡奖，才买来看，一边看一边庆幸还好没有将它错过。那一年看的电影不多，这是难得喜欢的一部。

我一直非常喜欢看群戏，因为从技术角度来讲，群戏很难拍得流畅自然。众多人物，千头万绪，搞不好就是乱麻一团，所以拍摄群戏是既考验剧本结构又特别考验导演功力的一件事情。

这些年来很难得看到群戏佳作，让我印象深刻的是2001年的《高斯福庄园》，也是很多人集中在短时期内的种种表现，那种属于戏剧所独有的畅快淋漓的感觉至今记忆犹新。《高斯福庄园》

是所有人物都集中在同一环境之中，他们本身就是和一件事情相关的不同人。与此相比，《撞车》是将洛杉矶这样一个繁华的大城市里各不相关的人物错综复杂地连接起来，这显然要困难得多。

我看到媒体上有人惊讶为什么《撞车》会打败《断背山》，有些资深的影评人找到的原因是，《撞车》反映的是美国社会的种族歧视问题，说是因为它长了一张“奥斯卡的脸”。而我却觉得，电影之所以成为小说、绘画、音乐之外不可代替的一种艺术形式，正是因为它的讲故事的方法，是影音光色多种感官体会相结合的。

从这一点上来讲，《撞车》获得这届奥斯卡奖，是一件很自然的事情，因为这种群戏，是一件只有电影可以做到的事情。它讲了一个只有电影可以讲的故事，而且这故事讲得还很好，它有作为电影所独有的、不可以被任何其他的艺术形式代替之处。它有属于电影的纯粹。

“他人即地狱”，我在看这部电影的时候一直想到这句话，看到有人在评论它、总是强调它反映了“美国的种族歧视问题”的时候，想到的也是这句话。黑人是白人的地狱，白人是黑人的地狱，但有时候，黑人也是黑人的地狱，影评人是导演的地狱。你虽然可以从很多社会问题的角度去解读它，但是一部电影如果可以打动这么多人的心，无非只有一点原因——它说的不过是人性罢了。人和人之间，并没有太多的相同，不论他们是白人还是黑人，中东人还是西班牙人，个体与个体之间的隔阂，并不由皮肤的颜色差异或相同而决定。

我们，包括我们看电影的人，心存偏见，也并不是那样的置身事外。如果不相信的话，每个看过电影的人就问问自己，当那个菜鸟小警察和黑人小青年同车的时候，当黑人小青年笑了起来，开始掏自己的口袋的时候，有多少人会担心那个黑人掏出来的是一把枪？老实说，我想过，在看到结局后，我问过自己，为什么会这么想？然后我不得不坦率地承认，因为那是个黑人。

你看，人就是这么复杂的，我喜欢这部电影，就是因为它反映的是复杂的人性，而不是黑人、白人、伊拉克人那么简单。因为它让我知道我自己也是复杂的，而不像一些影评人，置身事外地评论一部电影，就好像自己纯洁得像天使一样。

白人也可以是弱势群体，黑人也可以欺负人。当一个小警察的父亲的痛苦命运掌握在一个黑人手里的时候，白人小警察也会被黑人欺负；专门抢劫白人的黑小子冲上车，却发现开着高档车的男人和他有着同样的黑皮肤。委曲求全取得了成功的黑人该愤怒的时候不愤怒，不该愤怒的时候却差点送了命。一心以为自己可以公正对待他人、绝对没有种族歧视的年轻警察最后理想破灭，发现自己和自己鄙视过的人并没什么两样。一心想伸张正义的黑人探长却被人嘲笑："你想干什么？你想维护一个白人吗？"

世界好像是无休止的轮回，很多问题绕来绕去，最后总是会回到最初开始的地方。我们是怎样出生的，又是作为怎样一个人存在的？这似乎需要我们一生去追寻答案。我们永远在试图跳出他人强加在我们身上的种种定义和概念，但又同时在用这种种的定义去定义着别人，并且自觉不自觉之间证明着这些我们厌恶的定义。

身为黑人、白人、阿拉伯人、富人、穷人、男人、女人，人生巨大的转折也许只有那么几次，但是种种束缚却总是在日常不经意的细节里，像空气一样将我们包围。你无法逃脱，这才是最让人感到窒息的，即便你试图寻找看上去和你一样的人，你们肤色相同、地位相同或者经历相同，但那也只是外表而已，因为他人即地狱。

看了这部电影之后，我为它所表现出来的那种强大的冲撞的力量而着迷。这不是一场交通事故，这是人灵魂和灵魂的猛烈撞击，撞碎玻璃，捣毁世界。这冲撞使我们心灵深处那个封闭的自以为是的世界毁坏，这冲撞将我们猛地抛入空中、砸入他人的世界。然而我想，这无论如何，也是一种畅快和淋漓吧。我们冲入他人的世界，那是他人的天堂、我们自己的地狱，这碰撞即便是痛苦的，让人伤痕累累的，却也让我们感到自己的灵魂是活着的，即使他人即地狱，我们也要勇敢地走进他人的世界，因为我们会在那里遇到很多人，很多与自己不同的人。但无论遇到谁，你遇到的都是你自己，另外一个你所不知道的心胸更广阔、更鲜活的你自己。而那些从来将自己保护得好好的灵魂、故步自封的头脑，只会在自己的世界里慢慢地衰老、死去、腐烂而已。他们永远不知道，自由之门，就是这样被撞开的。

女人里面有坏人

中国台湾电影《血观音》讲的是一个上流社会的家族，棠府里的祖孙三代女人的故事。这个家里没有一个男人，再加上电影里的其他三四个女性角色，可以说是一部不分老中幼，全班恶女的电影。电影中从十五六岁的少女，到七十多岁的议员夫人，没有一个女人是良善之辈，而且不仅是不良善，甚至可以说是人人蛇蝎心肠。电影中的男人们反倒退居其次，成为被这群女人支配、囚禁和剥削的角色。所以，这是一部彻头彻尾的恶女传。

和几个朋友一起讨论了这部电影，因为剧情本身很烧脑，我们彼此交换了许多没留意却很重要的细节。但是朋友无法理解电影中惠英红扮演的棠夫人为何如此狠毒。也有人说，棠夫人仅仅为了情夫，就可以连自己的女儿都杀掉？这不合乎逻辑，她毕竟是个母亲呀。

还有孙女棠真最后没有选择和自己的妈妈一起逃走，而是选择回到外婆棠夫人的身边，也有人不太能理解。

其实，如果观众能够抛开对女性形象的刻板印象，把她们当成一个个有独立思考能力、有野心、有欲望的人来看待，就很容易明白了。

历史上的玄武门之变，李世民杀掉了自己的亲哥哥和亲弟弟。翻开历史书，为了争名夺利，男人弑父、杀妻杀子的血腥故事比比皆是，其实那些向权力顶峰攀爬的人，是没有什么性别区分的。他们无论男女，都是同一种人。

这不是一个真实的故事，但在这个虚构的故事中的人性却可以是真实的，我想也许它至少揭开了生活中的一个真相，那就是人和人最大的区别是个体差异，而不是性别差异，女人中也有极恶之人，花季少女中也有虎狼之人。这部电影给我们展示的就是，女人和少女恶起来可以有多恶，可以如何恶。

许多人无法接受这样的故事，因为至少在从前的华语电影中，很少看到这样的女魔头和恶童出现。文艺作品中习惯于把女人刻画成母亲、女儿、妻子、爱人的形象，她们的形象是善良的、有奉献精神的、为男人牺牲的、受侮辱和受损害的。即便女人在电影中做了坏事，犯了罪，也常常是为了男人，而不是出于她们本身的意愿。

这与电影中的男人形象区别很大，电影中男人的形象是更丰富的。

我记得小时候看过一部叫《红蜘蛛》的国产电视剧，是专门讲女性犯罪的，里面清一色的女囚徒，都是男人的从犯。现在流行的宫斗戏里，一群女人之间的争斗，都是在男人的绝对权威下的争斗，争的是男人的恩宠。

《甄嬛传》里，甄嬛的黑化之所以能被女性观众接受，是因为她受尽委屈和欺侮，以受尽磨难、被逼无奈的苦难作为底子，才能保护她白莲花的形象。

女性，特别是母亲和少女的形象，必须是柔软、无辜和无害的，这种对女性的刻板印象，看上去貌似是对女性的一种赞美，但仔细想想，也有另外的一层含义。这是把女性和孩子当作没有能力和头脑、胆子小的弱者，只能讨好和依附于男人。毕竟当我们说到“枭雄”这个词的时候，也是默认了他的性别。

个体的能力和道德常常是两回事，抛开道德不谈，客观来讲，化身为恶魔，扑向深渊，前方遇到的只有更多的恶魔，与恶魔缠斗，也必定是需要极强的控制力、手段和胆量的。所以在现实生活中，社会默认一个女人坏不到哪里去，有时候并不是因为他们相信女性是善良的，而是相信女性是无能的。

其实人性里的善和恶，真的是不分男女的。所谓母亲，也只是一个身份，而不是一种人品的保证。天下的女人也是各有不同，有善有恶的。前两年我写过一篇文章，讲纳粹中的女魔头，她们中的有些人，在最开始的时候确实是处于从属地位，但是后来当内心的恶魔被完全唤醒，她们会变得非常残忍，甚至比男性更残忍。

早年间我们有部电影叫《红樱桃》，讲的是一个纳粹军官在一个中国小女孩身上文身，目的是等把她养大了，活剥她的皮做人皮灯笼。这其实是个真实的事件，只不过那个纳粹军官，其实是个叫伊尔斯·科赫的女人。

当年审判她的时候，她的罪证就是许多用人皮做的钱包，票夹，灯罩，等等，她房间里的电灯开关是一节风干了的人类大拇指。她能够邪恶到这种程度，可没有人逼迫她、引诱她，都是她自己想出来的。

《血观音》里的棠夫人是将军的女儿，她虽然出身显赫，但曾经显赫的家族早已今非昔比。她只能做掮客给人端茶递水，赔笑伺候那些她瞧不起的人。她天生爱钱、爱享受、爱权力，有着无尽欲望和野心，她是一个没有麦克白的麦克白夫人。

她为了扶持情夫做局牺牲女儿，绝非有些观众以为的那样，是为了什么感天动地的爱情，而是因为在她所处的时代里，女人自己在社会上能独立取得的成就有限，所以她必须有一个男人做自己的棋子。而她的女儿只是个艺术家，一生依赖于她，且没有什么前途，又不肯听她安排嫁人，渐渐变成了一颗废棋，还背叛了她，向警方透露消息。所以她才狠心除掉。

说白了，棠夫人无非就是为钱，为利，为自己的贪欲而已。男人这样做是为的什么，那么女人就是为的什么。人性里的恶，其实并没有性别之分，女人不是善良无辜的代名词，母亲也不一定都是伟大和无私的。

说回少女棠真，她是外婆棠夫人一手带大，在黑暗中耳濡目染成长起来的，早已成长为一朵恶之花。她比母亲更像外婆，所以她在最后选择了外婆，而不是已经决定改过自新的母亲。

她最后选择了黑暗而拒绝了光明，因为她知道她母亲无力保护她，母亲酗酒、嗑药，已经是个废人，完全无法给她优渥的生活和可期待的未来。而她的外婆虽然是个魔鬼，却是个有力量的魔鬼，更何况，那时候她还有她自以为是的爱情。所以她甘愿回去继续做她外婆豢养的小鬼、她外婆手里的一颗棋子。

棠家三代女人，都做出了自己的选择，她们的选择和善恶有关，是生而为人的选择，而不是生而为女人的选择。虽然互为因果，但她们的选择归根结底都是自己独立做出的，每个人都要为自己的选择负责，哪怕成为魔鬼，也是他们自己造成的。

现在，我们在现实生活中经常听到这样的一些话："身为女人，怎么可以不帮助女人""女人何苦为难女人"，许多女人总觉得"男人都不是好东西"，没错，男人并不都是好东西，可是女人里面就没有坏人了吗？用性别来做标签，去鉴定人是否善良，这本身就是很缺少常识、荒谬的认知。我觉得，这个世界上，善良的人一定要帮助善良的人，但女人并不等于善良的人。

这也是这部电影让我觉得非常有意义之处。它对华语电影中的传统女性形象是一个极大的颠覆，这在电影史上并不新鲜，但是在华人世界这种尊崇儒教的世界里，说出这样一个大家都不太愿意讲的事实，是需要勇气的。特别是电影对母亲形象的彻底颠覆，是对中国人历来笃信的孝道观念的极大挑战，从这一点来说，这部电影是非常大胆的，因此非常值得一看。

自我放逐者的浪漫梦想

把是枝裕和导演的《无人知晓》翻出来又看了一遍。当年看这部电影的时候主要是关注电影所反映的社会问题，这次再看，除了佩服，更多的是接受和喜欢。

除此之外，还感受到了之前从未感受到的一种莫名的美感和魅力，可是那魅力到底是什么？我一时说不清楚，这感觉一直萦绕在心头，直到后来想起我小时候读过的一个小女孩的故事。

故事的女主人公是一个五六岁的小女孩，有一天早上起来，她和妈妈为了穿什么样的毛衣去幼儿园吵架了，于是她决定要离家出走。

妈妈不仅没有阻拦她，还帮她收拾东西，在她的小背包里装了点水、饼干、衣服，还有她的布娃娃，然后她就离家出走到……她家院子里一棵大树的树屋里。

小女孩在树屋待了一整天，开始的时候很兴奋，后来渐渐地无聊起来。到了晚上的时候，她想妈妈了，也饿了，闻到了家里飘来的饭菜香，于是就结束离家出走，回家了。

就是这么一个简单小故事，当年读起来让我无比向往。

后来等我自己稍微长大一点了，也干过一次这种离家出走的事。不过我生活在北方，你也知道，北方的冬天有多冷，黑夜有多吓人，我和一起出走的小伙伴的零花钱加在一起也没多少。只出走到两条街以外的距离就把钱花光了，然后只好灰溜溜地各回各家、各找各妈去了。

如果我说在《无人知晓》的那个小小公寓里发生的故事，给人一种乌托邦的美好和浪漫的感觉，好像有点太过没心没肺了，但联想到是枝裕和后来的《小偷家族》，我觉得导演恐怕并非只把它当作一个社会问题的题材来讲述。他其实是很享受构造出这样的一个乌托邦的。

而且他不止一次建造这样的乌托邦——在《无人知晓》中，是几个同母异父的孩子组成家庭；在《小偷家族》中，则是完全没有任何血缘关系的陌生人，因为命运的偶然，互相选择成为亲人。

这两部电影里的“家庭”，有一个共同的特点：都是由游离于主流社会之外的边缘人组成。在镜头所及之处，他们的“家庭”就像是一座漂浮于主流社会之外、被放逐的孤岛。

除了物质上还和外部世界保持最少的联结外，这两个“家庭”在情感和精神上是封闭的、自给自足的。

看《无人知晓》的时候，我的心里一直有一个问题。无论是在电影里，还是在电影背后的真实事件里，那个长子都已经14岁了，这个年龄的少年，是不会因为大人说了一句“不要出门”，就乖乖地待在家里的。

而且日本的福利制度很完善，对未成年人的保护做得也很好。只要孩子们肯求助，政府是不可能坐视不理的。但是孩子们并没有那样做，因为他们不想被分开。

在电影里，孩子们的处境也不是完全没有人知晓，然而便利店的店员也好，偶尔到这个家庭里的新朋友也好，都仿佛接受了他们的这种生存状态。

说到底，这里面还是有着孩子们自主的选择。而这其中最主要的，是作为长子的14岁少年的选择。这个小小的家庭，就像是一座漂泊在繁华大都市的孤岛，失去了大人的供养的同时，也意味着摆脱了大人的监管；在生活贫苦艰难的同时，也意味着自由自在。简陋的小公寓最后虽然停水停电，却好像彼得·潘的永无岛。

看电影看到的都是个人心理的投射，真是没办法，这么残忍的故事却看出了罗曼蒂克的感觉，有点不好意思，但却都是实话。也许是因为我这个人自己也有点自闭，不擅长社交，有自我放逐的倾向，虽然强打精神融入社会，但是都这个年纪了，还是觉得很吃力。

总想着如果真的能不管不顾地人间蒸发就好了。无人知晓的生活也未必有那么糟糕。

要是能一个人住就好了，不想和人打交道的时候就谁都不用理，把生活的成本压缩到最低，需要和社会发生的联系就会更少，也就不需要为社会评价苦恼了。

但真要是工作辞掉了，开始一个人生活了，又会发现这样太孤独了，担心长此以往下去，一个人精神也容易出现问题。所以要是能像《无人知晓》或者《小偷家族》里那样，和真正爱的人一起放逐才最好吧。拥有一个从此只有彼此的小世界，哪怕是孤岛也没关系，苦一点也是乐园。

想想《鲁滨逊漂流记》，鲁滨逊一个人流落孤岛是一种凄苦，可是有了星期五和那条狗，这就成了一部浪漫小说了。后来鲁滨逊被救了，离开了那座岛，小时候读到结尾处，甚至有点伤心呢。

因为自己也有这样的梦想，所以很理解那些宅在家里不肯出门的人，他们每个人都主动过着无人知晓的生活，其实很多人脑子里都会不止一次闪过这种念头吧。只不过因为心里还有着那该死的理智，不敢真的那么做，最后还是灰溜溜地滚回去继续做一个“社畜”，就好像离家出走两条街又回家的屄孩子。

虽然无法求证，但我总觉得是枝裕和先生潜意识里也有这种自我放逐的投射。在《小偷家族》里，他造了一座永无岛，这一次，岛上有奶奶有爸爸和妈妈、有姐姐妹妹；而《无人知晓》里那个少年同样出现了一次，沉默不语，但心中有数。

只不过这一次，是他主动选择了背叛这个家。

是枝裕和描述过的几个真正有血缘关系的家庭，就完全不是永无岛，而是大陆了。虽不是大富大贵之家，但并不孤绝自闭。父母像大树的根茎，孩子们的生活态度虽然懒懒洋洋的，但也都在和这世界产生着千丝万缕的紧密联结，各自离开家，去开枝散叶。

值得一提的是《海街日记》里的四姐妹家庭，它几乎介于永无岛和大陆般的两种家庭之间，是一个真正完美的梦幻岛。经济上无忧无虑，精神上自给自足，和社会保持着恰到好处的联结，不完全需要社会的承认，也不需要迁就社会的观点，没有父母，没有男人，只有女性的乌托邦，是成人版的永无岛——长女代替了长子，而且她们真的生活在一个风景如画的小岛上。说到底，因为折中得太好了，所以差了那么点意思，但管它呢，终归是个美梦。

而且，是枝裕和好像在有意无意中暗示，这样的乌托邦是只有女人能守得住的。

是枝裕和总是喜欢用日常生活的点点滴滴缓慢地垒起一个故事，又因为点点滴滴的细琐，让故事反过来有一种复杂和层次丰富的魅力，好像一言难尽的生活本身，从来没有单纯的色彩，残忍和浪漫甚至也能交织。那感觉，就像你的亲人去世了，在送别的路上，突然看到一只蝴蝶从眼前飞过，还是从悲伤里走神，忍不住心里感慨一句："真美！"

我喜欢《无人知晓》里用作海报的柳乐优弥的那张照片。这个14岁的男孩，并不是一个懂事乖巧的少年，也不是被社会驯化的温顺的完美受害者，他像一只小兽，眼睛里有一种单纯和干净，也有残忍和冷酷，总的来说，有一种干净和复杂交织的魅力。

在现实版的故事里，那位14岁的哥哥也是这样，他经常在外闲混，认识了两个小混混，三个男生回家的时候，发现2岁的妹妹吃了自己的食物，两个小混混开始虐待妹妹。这个哥哥也有参加，直到把妹妹虐待致死。

所以在这些孩子被发现之后，除了妈妈因遗弃罪被惩罚，这位哥哥也进了少管机构。因为他的行为，间接导致了弟弟妹妹的死亡。是枝裕和把这一部分改掉了，他把电影中的长子这个角色，塑造得温柔和有责任感，这让这个小小的家更像一个梦幻岛。

但电影总是要结尾的，永无岛不会真实地存在，哪怕有过快乐相聚的小时光，最后也注定会分崩离析，有的人会死，有的人会逃离，还可能互相倾轧。自我放逐者的命运无非是漂落到更远的天边，他们最后的乐土终将失守，孤独是他们最终的宿命。只有电影会停留在夏天的阳光和蝉鸣里。

我不知道是枝裕和今后还会不会再拍类似的题材。一家人整整齐齐，逃离社会，荒岛漂流。

在《无人知晓》结尾，妹妹死去，家庭里来了一个新成员，几个孩子在阳光下走回家去，看样子他们并不打算告诉大人，这是个开放式的结尾，至少大家都还在犹豫。

也许导演本人也在犹豫。但是在十四年后的《小偷家族》里，男孩最终做出了选择，他离开了永无岛，不仅向社会归还了妹妹，自己也回归了社会，他和假装的父母都郑重告别，该说的话都说清楚，然后坐着公交车离开，再也没有回头。

我猜这也许是导演最终给自己的一个答案吧，一个梦就此结束了。

那些失魂落魄的中国人

去看了《风中有朵雨做的云》，出乎意料地好，一直坚持到听完那首《一场游戏一场梦》，看了片尾最后剪辑的镜头、电影最后一个字幕才离场。内心感慨万千，又恋恋不舍，在街上游走了半天。

娄烨的电影我七七八八地看过，对他正常发挥的平均水平，心中自以为还是有数的。但是这部电影开始后的几十分钟，我也被手持摄影机给晃得内心直犯嘀咕，心想：我的哥儿欸，您这次该不是玩砸了吧，您到底要干啥？有必要这么晃吗？

然而越往后看越惊诧，然后恍然大悟，为啥娄烨要这样做，紧接着是惊喜，到电影结束时，则完全是佩服了。

好多人说看晕了，不仅仅是镜头晃的问题，而是它整个叙事的节奏快，而且这个快，还不是好莱坞式大片的那种一二三四五、有板有眼的快速，而是像在山路上颠簸，下一个坑不知道会把你往哪头扔的那种快速。

为啥要搞这种事？在这里，我要先讲两件与电影无关的事。

好多年前，我第一次读杰克·凯鲁亚克的《在路上》的时候，写过一段关于他用文字营造的速度感的话。摘抄给大家看看：

> 那种速度感，就像当年上高中的时候做英文卷子里的那一大段阅读理解，老师说，遇到不认识的单词，要跳过去，一直往下看，于是，我们就一直往下看，因为往下看，成为唯一能做的事情，于是，就看出来了速度感，然后我们的脑袋里带着速度感和一堆字儿，一堆碎片儿去做完形填空，判断对错，一通瞎蒙。这就是速度感，好像一个人往山下跑的速度感，停不下来，刹不住车，遇到石头就跳过去，碰到树杈赶紧一低头，摔倒了就继续滚下去。在卡通漫画里，描述速度感的语言就是：@#￥%×&……
>
> 最后，我们终于停下来，到了山下，发现自己，鼻青脸肿，阅读理解题，十道只蒙对了五道。考试不及格，回家挨一通胖揍，然后，你就消停了。

第二件事，就是我非常喜欢的一个美国的印第安人的传说：

> 最初的一个探险家在美洲大陆探险的时候，请

一位印第安酋长给他带路，他发现每走一段路，老酋长就会在路边歇一会儿，好像在等什么东西。他问老酋长在等什么。酋长说，在等我们的灵魂，因为人的肉身走得快，灵魂走得慢，所以要停下来等一等灵魂追上来，否则肉身走得太快了，灵魂就跟不上了……

今日之中国——如果把一个国家比作人的话，我们的经济建设就是这不停向前奔跑的肉身，而精神文明建设就是我们的灵魂。中国经济这几十年来的发展速度，大家有目共睹，简直是以坐火箭的速度前进着，但是我们的肉身跑得太快了，我们的灵魂呢？它去哪儿了？我们的精神世界的进步，早就被远远地扔在身后，它跟不上经济发展这个肉身的步伐已经很久很久了。

我曾经看过一篇文章，里面有一段写得非常好。大意是，你说艺术家是一群什么样的人呢？你给他们讲经济，讲政治局势，他们也许不懂，但是要说捕捉时代的集体情绪，他们往往一下子就能抓住。

我觉得娄烨就是这样的一个导演。他正是用这样独特的方法，让我体会到了那种停不下来的疯狂感和晕眩感。在电影的最开始，好多次我都在心里喊停，哪怕几秒钟也好，让我看清楚，你慢点讲，赶什么赶啊？

可是我们停不下来。也慢不下来。我们身不由己地被导演带着晃，就像在一艘船上，身不由己地跟着船一起晃动着，我们别无选择，船把我们载到哪里，我们就去哪里。但这也不是船长所能控制的，而是深不可测的大海。我们每个人的命运，是我们所处的这个时代所有人的共运，大家一起急急地赶路，停不下来，慢不下来，只能向前，却不知道哪里是岸。

电影中的主角，其实不是井柏然扮演的年轻警官，而是父辈的两男一女这三个人，他们是这个大时代的缩影，是这个时代的佼佼者，也是人生的赢家，是搭上了这辆列车的那些春风得意的人。他们是比别人更停不下来的人，顾不上失魂落魄，再回头也没有退路，只能继续向前飞驰，即使开始意识到这条路是一段通往地狱的下坡路。

直到最后，一脚刹车，大厦倾倒，一切分崩离析，只有毁灭，才终于让每个人停下来。这种速度感和失重感，还有这种毁灭感、死亡感，是最难以捕捉和表达的大梦一场。

可以看出导演是非常自信的，他非常确定自己要什么，也十分大胆地去实现了，这种大胆，也是对观众的一种信任，虽然很多人不会喜欢，但总会有人体会得到，也接得住，这就够了。

娄烨利用这个地摊小报式的故事，非常准确地捕捉到了这种大时代的情绪，这很了不起。这样的情绪，既看到了个体，又不仅仅限于小恩爱、小情绪，每个人都是他们自己，但每个人都是他们这个时代。所以这部电影虽然没有大红灯笼、龙凤呈祥这些中国元素，但它在我的心目中确实是非常中国的，因为这种情绪，只有中国人懂，只有中国人自己能抓得住、讲得出。这不是任何一个西方导演能够代替的。

导演给我们讲了一个梦，这个梦太真实了，让人分不清是梦还是现实。电影中途，有的人可能是被晃晕了，提前离场了。我想，如果这人生也是一场电影、一趟列车就好了，你至少还可以提前离场，如果晕车了可以下车。可是人不可能从自己的命运中途退场，也逃不开这艘时代的大船。

这个大时代，早已经让多少人有头晕目眩的感觉，无力追赶，却也不得不为了生存勉力支撑。我知道这不是某个人造成的，这是我们所有人的共运，是我们的现实，也是我们每个人都离不开的梦境、一场游戏。

梦可以醒来，游戏可以结束，但是现在困住每个人的这个梦却没法逃离，这个游戏不知道该怎么结束。

到底该怎么办呢？我也不知道。电影里，由被删得只剩下一只胳膊的陈冠希说出的那句话，“会过去，被忘记。我也一样”，突然让我莫名感动，会忘记吗？该忘记吗？我们真的，真的就这样被忘记了吗？谁知道呢。答案只在风中飘荡……

就这样吧，接受一切，原谅一切，放下一切。只是有一天，当这条路走到尽头，愿你的灵魂依然与你同在。

你不能再回家

我坐在电影院里看《山河故人》，想起我爸，他当年还在世的时候，常常和我谈到他的家乡，那是中国西南一个偏远的县城，我爸总是谈起他家门后有一座山，巍峨峻美，夏天时草木葱笼。

80年代后期，我妈和他回过一次老家，回来时跟我们说起这座传说中的青山：什么呀，就是一座小土包。即便如此，我们都不忍心戳穿我爸，又任由他说了那么几年，后来他得了脑出血半身不遂，就把这座山忘记了。他心心念念地想回家乡，但是身不由己，医疗关系又都在北方，结果80年代那次回家，竟然成了他和故乡的最后一面。

我爸十四岁参军离开家，随着部队一路北上，在异乡遇到了喜欢的姑娘，便结婚生子，安家落户了。先是全心全意干革命，然后孩子们接二连三地出生，当年路途遥远，回家一次要坐上几天的火车，倒汽车再倒什么车，加上经济贫乏，家里多余的钱都已经寄回去供弟妹上学，到后来经济宽裕了，他却病倒了。他一辈子都和电影里的张晋生一样，操着浓重的乡音，北方人常常听不懂他说话，如果我在场，就要给他充当翻译。

我从小生长在北方，小时候一直不能理解我们家这个老头儿为什么会心心念念那个落后偏远的小地方。直到后来，我自己离开家那天，妈妈送我到楼下上出租车，抹着眼泪。我赶紧跟她告了别，车开了，我没敢回头看。我第一站到了杭州，那段时间一有假期我就回去看他们，坐上三十多个小时的火车，在家待上几天，然后再坐上三十几个小时的火车回来。

在最开始的时候，我做头发、买衣服等活动，都是等到回家时完成的，我的一个朋友说，等到你在一个陌生的城市开始有了自己的发型师、健身卡、超市购物卡这些东西的时候，你才是真的离开家了。

也许由于我是二代移民，我对于我出生长大的这座北方城市，其实也没有什么特别深厚的感情，小时候总觉得这就是我的一座监狱，它困着我，让我窒息。

尽管这样，当年身边的同学一个个出走，离开这座城市，我为他们饯行的时候，还是会嘱咐他们说，如果在外面混不好了，就回来。但是他们一个也没有再回来。后来我自己也要离开了，朋友也跟我说，没关系，如果在外面混不好了，就再回来。

我也只是笑笑，没有说话。后来再次离开杭州来北京，做决定的那个晚上，我打车回家，途经西湖时，我看着窗外，突然明白，是离开的时候了。我喜欢杭州，可是这么美的地方不是我的家，这是我这辈子第一次有了对“故乡”这个词的真正认知。

于是我打包来了北京，不是出于爱和眷恋，只是因为这里机会更多。很多人离开家乡的时候都会觉得自己一定会回来，可是走着走着，就去家万里，回家的路，早已寻不见。

《山河故人》讲述的就是一群人和他们的故乡。有的人与他的故乡一生厮守；有的人离开了故乡再也没能回去；有的人最终回来，落叶归根；而有的人的心中，故乡从来只是一个传说。

在这所有的故事中，给我触动最深的是梁子的故事，他是那个最后回到故乡的人，好像雷蒙德·卡佛小说里的人物，沉默寡言地忍受着命运的折磨。在外漂泊十二年，始终挣扎在底层，没有挣到一分钱，反倒惹了一身病。

对梁子来说，故乡就是一所破旧的空房子，是漂泊的游子心中最后的安全感——在这个世界上，至少还有那么一个可以安安静静等死的地方，所谓落叶归根，无非如此。

而再也没回来，越走越远的张晋生，在遥远的异乡，“乡音无改鬓毛衰”，只能靠结交的一群说着相同方言的老乡寻找失去的故土，这可能是他当年雄心勃勃地迈出家门，离开逼仄落后的小城时，从来没有想到的。

张晋生逼着他的儿子学中文，可是即使学会了又怎样呢？

他终究无法让儿子明白他的乡愁。那个不记得自己来自哪里，不记得妈妈名字的男孩，是一个没有故乡的人，却始终还保留着小时候和妈妈告别时，妈妈交给他的家门钥匙，他还记得妈妈说："咱们家的钥匙，你应该有一把。"

他最终会回家吗？已经几乎失明的妈妈，是电影里唯一一直坚守在故乡，从未离开过的人，她是否是因为怕离家万里的孩子有一天会回来，却找不到她？

故乡，汉语词典里的释义是"出生或者长期居住过的地方"。这个词本身就是一个过去式，它注定了只有当你转身离开时，你才有了故乡，而没有真正离开过它的人，则永远无法真正明白它的含义。我们中的很多人，从告别母亲那一刻起，就注定从此一生浪迹天涯。

只是那时我们都不知道，这一走，千山万水，我们再也回不去了。在这么多年之后，我终于懂得了我的父亲，可惜却已经不能告诉他。在《山河故人》的海报上，写着一句话：每个人只能陪你走一段路。这让我想起了另一部电影的另一句话：

> 人生就是不断地放下，但最遗憾的是，我们来不及好好告别。

永远温暖的传奇

永远温暖的传奇

当我告诉一个不大熟悉格利高里·派克的朋友我要为派克写点东西的时候，朋友很好奇地问我："他是个什么样的人啊？"我想了想说："是个完美的人。"朋友于是又问："真的完美吗？"这一次我想了很久，然后很坚定地回答他说："是的。"

其实我并不是特别喜欢完美的人，总以为那是一种欠缺人性的表现。完美的人总让人感到仿佛是距离遥远的雕像，只能是高高在上的，用来顶礼膜拜。而那些性格上有弱点的人，反倒会更加让人疼爱。

格利高里·派克是个例外。虽然他和詹姆斯·迪恩是完全不同的两种类型，但我却很喜欢把"传奇"这两个字放在他的身上。如果说赫本的到来是要告诉我们什么叫作"天使"的话，那么派克的到来就是要告诉我们什么叫"永恒"了。从他出生到死去，一个人能在这物欲横流的社会里坚守自己的灵魂达八十年之久，那么他无论如何也可以担当得起“传奇”这两个字。

有时候我会想，如果当年詹姆斯·迪恩在那场车祸中活了过来的话，人们是否可以忍受现在看到他那张俊脸因为纵欲过度，在年老色衰的时候变得惨不忍睹，但是派克这样的人是可以让人看到老的。所以在那个清晨，当我打开电脑，看到他过世的消息，第一个滑过心头的感觉竟然不是伤心，而是欣慰。他终于完美了一生，并且走得不痛苦。那么就让我们在这里同老派克做一个安静的告别吧。

再见阿尔弗雷德

曾经看过一张派克十岁时候的照片。照片上，只是一个普通的美国男孩，在阳光下很淳朴而自然地对着镜头笑着，他的脸上长满了雀斑。阳光在宽阔的额头上面照出了一个亮点。嘴是很阔的那一种。眼睛弯弯地深进去，看不到里面的眼神。那时候，没有人能预料到，这个叫阿尔弗雷德·派克的小男孩有一天能够成为美国人的心中偶像，作为道德榜样和完美的范例长达八十年之久。

这照片中的男孩让我感觉到温暖，在看惯了这么多冷漠的、疯狂的、迷乱的或者叛逆的面孔之后，这种久违了的温暖有一种抚慰人的力量，而它竟然来自一个孩子。这让我有些吃惊。

当时的派克被母亲寄养在外婆家，父母在他6岁的时候离了婚，他被判给了母亲，然而她很快又嫁给了一个推销员，要随着派克的继父四处为家，奔波辛苦。于是母子俩聚少离多，母亲只能偶尔来探望一下派克。大多数的时光，派克都和他的外婆在一起。

很多类似的生活经历造就出来的都是一个乖张而叛逆的孩子，然而派克却是极其安静、善良和动人的。从他那张稚嫩的脸上显露出来的温和懂事的神情甚至让人觉得有些心疼。他的外婆一定是一个极好的女人，给了派克所缺少的温暖，又使得他没有因为破碎的家庭脱离人生正常的轨道，直到小学五年级，母亲决定把他送入圣约翰军事学院。

“我猜，”小阿尔弗雷德给朋友打电话说，“他们一定是觉得我在外婆家和我的狗还有自行车一起过得太开心了。”

然而他还是学习着接受这样的安排，这对一个10岁大就被孤零零地丢在一所寄宿学校里的男孩来说，并不是一件容易的事。那是派克记忆里一段灰暗的时期。但他还是在这里为自己找到了可以喜爱的事情：军事化的管理、制服和运动。

这听上去有些不可思议不是吗？一个爱上这些东西的男孩应该长成一个政治家而非演员才对，他应该有抱怨，很叛逆，与同学关系不好，经常打架。这样才像一个传奇般故事的开始。但是派克的确没有，10岁大的他已经懂得生存，也懂得调整自己。他唯一始终无法喜欢起来的只有自己的名字而已。

于是他把他的名字改成格利高里·派克，然后揣着继父给他的一封信去了纽约。他一如既往地谦逊温和。尽管他得到的工作，只是穿上可笑的动物服装在游乐场里四处转悠拉客，但是他从不抱怨什么，也从来不曾作出一副全世界都亏欠了他的样子。这反倒让人觉得他从来不曾做过什么艰难的事情了，如同他的一生是走了八十年的好运过来，没有过丁点的坎坷似的。

然而这世界对他的接受，真的是因为他对这个世界的善良和宽容才换来的。所谓人生是一种态度，也不过此意了。

告别阿尔弗雷德，成为格利高里·派克。从前那个生涩的小男孩长成了英俊的青年。可是我还是无法不喜欢那个叫阿尔弗雷德的男孩。他懂事得让人心疼。按照现在的标准来说，这个孩子太好了，也不够酷。不过对于我来讲，满街都是愤怒和郁闷、不满和牢骚的时候，我更愿意看着那个孩子给予这个世界宽容的笑容。

他的眼中有天堂

1953年的那个秋天，当人们刚刚从战争的噩梦中苏醒过来，《罗马假日》公开上映，在无数人的惊讶和赞叹中，天使降临人间。那是派克第三部比较有影响的电影。派克后来和别人提起这部电影时曾经谦和地说，当他第一眼看到赫本出现在他的面前，就知道她才是《罗马假日》里真正的主角。

那是一个普通得不能再普通的爱情故事：公主爱上穷记者，

最后却因现实的阻隔而分离。很多人都说，如果没有赫本就不会有这流芳百世的经典爱情。然而如果没有格利高里·派克呢？

每次和朋友说起《罗马假日》，就总是不忘记强调说这部电影是需要看上至少两遍的。那感觉好像是生怕好东西没和朋友分享一样。担心他们看这部电影时，第一次看到的自然是赫本天使，然而如果不看第二次，就会错过一个天堂。

赫本终究是没有在哪部电影里比这一次更像一个天使了吧。我们看着她和他一起去看说真话的嘴，看着她扑到他的怀里，看着她慢慢地离开他的怀抱。她的纯洁摄人心魄，而他哪怕是偶一抬头望着她的眼神都充满了温柔和疼爱。仿佛她是一个孩子，是这世界上所有的美好的化身，他一定要尽了心地去呵护她才行。

这才明白，所谓天使，是一定要有一个懂得怎么爱护天使的人的。否则的话，天使再美丽也不过是徒劳。她的光芒终究是难抵这个世界喧嚣的尘埃。

再后来看她演的几部电影，始终没有让我找到过这种似曾相识的感觉。她依然是那样优雅而美丽的女子，但却有些寂寞的味道在其中。仿佛一个孤独的天使徘徊在人间，始终无法再有人能够懂得如何去守护。

和她配戏的男人也是极其出色的，很多人比派克要有性格、有故事得多。就好像加里·格兰特，那样英俊而风度翩翩的男人，多少女人为他陶醉。可惜他的眼睛里透着的是英国绅士的疏离和冷漠，怎样也无法成为一个天使的家。

再也没有如此温暖的眼神了吧。这应该是那么多女人迷恋派克的原因。英俊的外表只是一部分，更重要的是那宽厚的肩膀，那温柔的微笑和那颗包容的心。你不必担心向他袒露心扉而遭到他的鄙视，也不必担心付出所有会受到伤害。你可以在他那里肆意地做一个孩子，不用担心，他会一生守候着你，心疼你像心疼一个天使一样。有他在，你就不用害怕这个世界的风风雨雨。这样的男人，这个世界曾有过几个？这样的男人，难道不值得你一生去追随？

天堂何曾遥远过，天堂就在他的眼中。谁要是得到就能幸福一生。

然而天使却终于没有爱上这个天堂般温暖的男人，她的心中另有天堂，她独自去寻找她的幸福去了。男人的爱给了一个叫维罗妮卡的姑娘，这一给就是整整的四十八年。直至他的生命终结。

看过他和维罗妮卡最初相爱的故事，她那时是个记者，他是她采访的对象。他在与她第一次见面之后六个月再一次路经巴黎，把电话打到她工作的报社，冲着电话另一端的嘈杂一片大声地说："我是格利高里·派克，想找巴萨尼小姐说话。"

接下来的事情倒很像《罗马假日》里的关于报社的那些情节。当接电话的人用室内广播系统公开呼叫"巴萨尼小姐，格利高里·派克先生找你"的时候，整个报社突然之间鸦雀无声。

巴萨尼小姐有些犹豫，但还是接受了他的邀请。放弃对萨特进行采访而和一个美国影星去吃饭，那是她一生中最重要的选择，也是最正确的选择。哲学并不能使一个女人变成天使，哲学也不能使一个女人的生命温暖，而他的怀抱却可以。所以就让哲学家靠边站吧，什么也比不上这个男人眼中的天堂。

2003 年 6 月 12 日，维罗妮卡陪伴自己的丈夫走过了他最后的岁月，开始了一个人的生活。在这四十八年中，那个英俊的男人有无数的女人爱过他、现在还在爱他，但是他从来没有绯闻。我们永远不能去问赫本，做一个天使的感觉是怎么样的。然而我们也许可以问一问派克太太。也许她会告诉我们，所谓天使，有时候就是一个普通的女人找到了她的天堂。

一生都是演员

曾有一本电影杂志出过一个专题，说的是当时的一些新生代偶像如何继承了前任偶像的风格。例如布拉德 · 皮特是当代的詹姆斯 · 迪恩，而本 · 阿弗莱特很像当年的罗伯特 · 雷德福等，很多形象代言人都有接替者。我看了一遍下来，发现自己在暗暗地寻找派克的接班人，结果答案是，没有人。

我个人一直以为，但凡一个演员，由于自身的限制，戏路再宽也终归是有限度的，但这并不能妨碍他成为一个伟大的演员。

那个时代的马龙 · 白兰度是叛逆青年的代言人，而派克在很多中国观众的心目中，则总是扮演那种正直诚实、有男子气魄、性格谦和的男人。这也许是他自己本身给人的印象所造成的。事实上，派克的一生曾经塑造过各种性格迥异的人物形象，而并非千人一面的“好青年”“好男人”。

他的演艺道路，从他在巡回剧团里扮演小角色开始，一直到1991年，在马丁·斯科塞斯的《恐怖角》中出演一个配角，他一直是一个不断挑战自己的优秀的演员。在《罗马假日》里，他是一个多情善良的穷记者；在《爱德华大夫》中，他是一个精神濒于崩溃的男人；在《杀死一只知更鸟》中，他是一个严厉但是有正义感，不缺人情味的律师和父亲；而在《乞力马扎罗的雪》中，他则摇身一变，成为一个对世界充满困惑和迷茫的作家。

值得一提的是他在《太阳浴血记》中扮演的路特。这也许并不是派克所扮演的最引人注目的角色。相比《杀死一只知更鸟》为他夺得奥斯卡奖、《罗马假日》使他成为无数女人心中的梦中情人来讲，这部电影很少被人提起，然而它却是我个人最喜欢的派克的作品。路特也是他最有魅力的银幕形象，其性感程度，不输于马龙·白兰度。那个外表放荡不羁、内心却深爱着自己的姑娘的路特是我所见过派克扮演过的最“坏”的一个人。

一直到今天，我还记得他嘴角挂着那似笑非笑的表情和他斜戴着牛仔帽、脖子上系着小红方巾、叼着雪茄、手在裤子上随意一划把它点燃的样子。如果这个角色是由马龙·白兰度来演，我可能会觉得更加顺理成章一些。但是那个让人恨之入骨而又无法不爱的任性男人的确是派克。他从骨子里往外冒的那种邪恶而危险的性感让我感到吃惊，也让我第一次打心底里承认这是一个伟大的演员。

有时候我会觉得好奇，像派克这样的一个人，既不疯狂也不痴癫，却是一个真正热爱演戏的人，并且他演起戏来的敬业和认真从来不输于人。艺术这件事，在某些演员来讲，总是成了放纵自己的借口，而到了派克那里，就是值得一生奉献的事业。

从他在大学时代发现自己在戏剧表演上的兴趣和天赋开始，他就一直是这条路上一个孜孜以求的人。虽然他年纪轻轻就得到了很多人梦寐以求的荣誉，掌声和赞扬却从未使他冲昏头脑。他对电影的热爱仿佛他的爱情一样持久，绝不是因为一点虚荣而来。难怪好莱坞这样地尊重老派克，即便他的时代已经不再，他的辉煌已经过去，当他的名字被提起来的时候，你依然能听到人们语气里的敬重。

他在八十五岁的时候还活跃在舞台上，到全国各地去旅行，访问一些小剧院和学校，像一个父亲一样给年轻的一代讲他的故事和他所热爱的戏剧。直至 2003 年 6 月 12 日离世，他一生都是一个演员。

晚安，老派克

如果有谁不相信有一种人是可以完美的，那么他可以去看一看格利高里·派克的故事。他的故事现在已经成为过去式，但是他给我们每个活着的人证明了一点：这个世界上，真的有完美曾经存在过。

他是世界上最英俊的男人，风度翩翩，气质优雅谦和。他是一个好演员，从影六十载，主演过六十多部电影，获奖无数；他是一个好丈夫，决定爱一个女人了，就可以不离不弃，相守一生；他是一个好朋友，无数小辈曾经得到过他的帮助，他的死是好莱坞巨大的损失。他一生都想做一个正直诚实的人，他的确做到了。在很多人都放弃对自己灵魂的坚持的时候，他用他自己的行为告诉我们，在这个世界上，不虚伪欺骗，老老实实做人，也一样能成功、能生存。

要说传奇，这才是当之无愧的一个传奇吧。当我们今天的偶像总是表现得那样颓废、疯狂和对这个世界不知所措的时候，当我们说“这个世界是如此腐烂，所以我也不必那么干净的时候”，有一个人坚守着自己的灵魂八十年。

世界上最温暖的一盏灯熄灭了。我们并不知道是否还有人能将它点燃。虽然我们明知传奇也终究有结束的那一天，但是当那一天到来的时候我们依然感到伤痛。再次看着老年派克的照片，友善的面孔、温和的笑容一如当年那个可爱的男孩，他大概更希望的是每个他爱的人都能够快乐地生活下去。就像他曾经在他的好朋友弗兰克·辛那特拉的葬礼上为他背诵的一首诗一样。今天，我们也把这首诗送给我们的老派克。希望他去天堂的路上一路走好。晚安，老派克。

给那些我爱的人

如果我必须要离开你
我的爱人
我必须独自走上这条安静的道路
请不要悲痛
也不要落泪
尽管笑着和我交谈吧
就好像我还站在你的身边

当你听到一首歌曲
或者看到我爱过的一只鸟
请不要因此而悲伤地想起我
因为我依然爱你
仿若从前

你是如此善良
有许多的事我想为你做
有许多的话我还没有说
但是请你记住
我从未害怕过
那没有你的世界
我所面对的未来

我们注定无法看到未来
但是我知道
我是如此爱你
和你一起走过的日子
就是天堂

奇迹之花静静绽放

前一阵子把宫崎骏的《幽灵公主》翻出来看。在寂静的夜里，独自一人关上灯，仿如一个孩童般盯着银幕，试图像当年一样走入曾经走入的故事，寻找旧日观影时的感受，幸运的是，那所有曾经的感动之处仍令我感动，震撼之处也仍然震撼。

于是就想，所谓大师的作品，大概就是这个样子的，逆着时间的顺序掉头去看，拂去一些时代的影子，剩下的东西依然如陈年酒散发着浓浓的香气。无论什么时候再重逢，它都不会让你失望，甚至可以产生新的感受。也正因为如此，这些大师以及他们的作品才是人类宝贵的财富，留在我们的生命中，陪伴着我们一路走下去。

在这次重温《幽灵公主》之前，我一直只是把宫崎骏当作一位动画大师来看，令我佩服不已的是他的动画本身。虽然动画是这位可爱的白胡子老头儿主要的表达方式，但若只从这一点来评价他，那也不过是拿他当成一个匠人而已了。单纯看动画制作的表现方式，是不足以解释为何宫崎骏的作品可以经得起岁月的检验的。

其实真正使宫崎骏如此与众不同的，该是他作品中散发出的诗意和禅意才对。打动我的，首先是诗人的宫崎骏，然后才是动画的宫崎骏。

宫崎骏的作品并不复杂，他电影里的主人公，常常是十四五岁的少年，他们单纯、清澄、孤独、安静，还能感受到这个世界的诗意，还在相信这个世界的美好。

可是如果你因此便觉得宫崎骏是简单的，那么你又错了。我们总以为孩子们的心灵是脆弱和稚嫩的，然而当我们看到他们面对着这个世界所表现出来的坚忍、平静和宽容的时候，我们也许不得不承认，作为成年人的我们，是多么希望成为宫崎骏的少年，心中的梦想不曾死去，对这个世界依然充满着希望并且不坐以待毙。

我一直想，这就是宫崎骏电影的秘密，当成年人因为历经苦难而学习放弃和妥协、学习互相倾轧和争斗的时候，宫崎骏的少年们总是默默地站出来挽救这个世界的奇迹。他们是那样安静而质朴，在压力之下保持着温和优雅的风度，从来不摆什么豪气冲天的姿势，自然得如早晨田野间吹过的一阵轻风。

他们其实从来都只是一个人，不管他们化身为骑龙的少女，还是舍身保护山兽神的少年，他们一直以来都只是宫崎骏内心中那个不曾死去的摘星星的少年。这个白胡子的老头儿用他的电影将他们召唤出来，将我们心中的孩子召唤出来，让我们看到，原来我们的灵魂还没有死，我们是这样渴望着和平与爱，我们的内心还有一份柔情在。

从某种意义上来说，宫崎骏的少年都具有一种诗人的气质，也许这也是为什么宫崎骏总是喜欢选择十几岁的少年作为自己电影的主角。因为每个少年都可以是一个诗人，而我们这些为岁月所折磨的成年人，已经学会了不相信奇迹。一个不相信奇迹的人，又怎么可能创造奇迹呢？这是一种对比，是孩子和成年人的对比，也是诗人和凡人的对比。

我只是一个平凡的人，所以我总是在等待并感谢别人带给我奇迹。与好莱坞大片中的惊天动地相比，宫崎骏的奇迹总是那么安静和祥和，它是大龙猫在寂静的夜里为女孩们催长出的参天大树；它是千寻穿越人神之界，坚定向前，不再回头的脚步；它更是山兽神漫步走来的时候，脚下默默绽放出的莲花。每当这个时候我会想，也许这就是人们所说的东方色彩，也是一种禅意。

很多年前我等待奇迹，很多年后我看宫崎骏，终于明白，如果我等待别人给我奇迹，那么奇迹永远都不会到来，如果我创造奇迹，那么我就是奇迹。这个世界上有一种人，只有当他们自己成为一种奇迹的时候，他们才可以达到他们想要的那种宁静，就像少女千寻一样。这是命运，不可弃。

宫崎骏的少年可能永远都不会再长大了。在我的内心深处，也同样有一个孩子拒绝长大。这个孩子是一个诗人，当她长大的时候，就是她死去的时候。因此我宁愿好好地保护着她，在她的陪伴之下，安详地注视着这个世界，她是我心中的奇迹之花，在我心中静静地绽放。我愿为她受一切的苦，也许流泪，但不会后悔。

天才不过是超级正常的人类

做《看电影》杂志第二届华语电影大奖的评委，收到主办方的样碟，其中的一部《音乐人生》，是讲一个17岁的香港音乐神童黄家正成长经历的纪录片。

到豆瓣上看了看资料，惊奇地发现这部电影的评价很有趣，虽然只有不到八百人评价，但整体竟然有九分那么高。我还是相信观众的智慧的，所以无论如何都要看一看。碰巧的是，主办方的样碟跟去年一样，每张在我的机器上都只能放到一半，偏偏只有这张可以播放全碟。也许这是我和这部电影的一点点小小的缘分，因为太喜欢，我看了两遍，把它评为我2009年十大佳片中的第三部。如果不是因为它是一部纪录片的话，我愿意把它评为第一。

投票的时候，才发现导演是张经纬，是那年我选出的最佳编剧（《天水围的夜与雾》），就感慨这圈子真小，评来评去，无非是那几个人。又想，从前听过的那句话也真对，做什么事情，做到最后，无非都是“做人”二字，搞艺术的也一样。

无非是“做人”二字，这个道理我长到30岁才明白，出生于香港的少年黄家正，却在17岁就明白。

影片的一开头，张经纬在镜头外问他：“你的人生理想是什么？”少年稍加思索后回答说，“做一个 human being”，这个答案让我吃惊，立刻对这个少年刮目相看，因为没想到一个17岁的少年会说出70岁的老人会说出的答案。

我怀疑他根本不理解他说的是什么，只是在书里看来的，或者听别人说来的，你知道人在17岁的时候常常会这样，说些自己都难以理解的、很玄乎的话出来，可以让自己显得很深刻。于是我很想知道这个少年的这句话，是一个姿态，还是发自内心的。

后来我看到他在11岁的时候弹琴的录像，又吃惊了一次，不是因为一个11岁的琴童娴熟的技巧，而是因为他的琴声里竟然有那么丰富的情感。可是他只有11岁啊，他是怎么做到的，他的内心怎么会这么丰富？他怎么能体会到这些的？

直到看完整部电影，我终于相信，在最开始的时候，他回答的那句关于 human being 的话，是发自内心的。我也终于明白，张经纬当年同时跟拍了好几个音乐神童，为什么很多人都停下了，只有黄家正拍到了最后。因为他身上真正具有一个天才的那种纯粹，那种被艺术洗涤后的作为一个人最本质的干净和清澈。

很多人一提起“天才”两个字，总觉得他们是不正常的人类，但是毛姆说，“天才不过是超级正常的人类”，这句话我一直赞同，但赞同得有些模糊。看完了《音乐人生》，想到这个17岁的少年，他倒真是完完整整地给我诠释了一遍毛姆的这句话，诠释了一遍什么叫作更正常的人类。

他爱音乐，希望一辈子爱，希望音乐能够指引他的人生。在他的心中，他来到这个世界，就是要弄明白做人是怎么一回事，所以他说，同学和老师总是想赢，但那不重要，音乐才重要。所以当他带着拔萃学院的乐队得到各大比赛的冠军，同学和老师们在欢呼的时候，他只是淡定地站在一旁，抬头看天上说：“看，飞机！”所以他可以带着室内四重奏乐队去参加比赛，却不顾比赛的规定，选择了一首超长的五分钟的曲子，他说，“要让香港人知道什么叫作室内乐”，结果扣掉了该扣的分数，还是得了第一名。他不考级，说得来的锦旗只拿来擦屁股。他问，这个世界真的有神存在吗？他说，“我很清楚，我不管名利，只要死时无悔，人生无憾”。

他的朋友经常被他气得疯掉，但最后又都不由自主地都回到他身边，因为跟他真的能学到太多的东西。

天才只是更正常的人类，人们总是觉得他们太孤傲、太疯狂，其实疯的不是他们，是我们这个世界疯了而已。看完这部电影，我开始深深地相信这句话。

他们是怎么逃脱这个世界的塑造的？怎么能不被洗脑成一

个比赛的机器，争名夺利，随波逐流，成为那些具有社会属性的社会一分子的？我不知道，我只知道我深深地喜爱着这个少年，在我从小到大观看的华语电影的印象中，我从未看过这样的一个如风少年，清澈、干净、纯粹、俊朗，如神的一道光一样。而且最重要的，他是个真人。

黄家正，17岁，还有困惑，还在摸索音乐之路、人生之路。虽然不信神，但我在心中默默地为他祝福，愿他永远不要迷失人生的方向，愿音乐指引他的人生，愿神的光一直保护他左右。

黄家正语录

- 我不是要演出一场赚几百万，这没有意义，我要坚持我读音乐的原因，我要用音乐指引我的人生。
- 我很清楚，我不管名利，只要死时无悔，人生无憾。罗老师则看重死后有多少人怀念自己，她取向贡献人群，社会认同。
- 谱只是纸，我是人，比谱更有意思。
- 有魅力的领袖能够改变人的思维，我非万人迷，但我绝对有魅力。
- 音乐非常博大，没有对错及高低，甚至牵扯到人的存在。
- （指导妹妹练琴时）谱里没有中弱、中强，只有天堂和地狱。要明天不怯场就谨记：你是为自己而演奏，也许这是你最后一次拉琴，你的最后一次是不会去和别人比较的，最后一次一定是为自己演奏。如果仍想去比较，你就不是人。你是木头，没反应，没感情。
- （指导同学）要先做一个人，才能做一个优秀的中提琴手。
- 罗老师弹琴是为荣耀神，世上有神吗？在 Facebook 的“宗教”一栏里，我写上：“追寻真理。”找到与否不重要，寻找本身就是过程、经验、成长，最后回到音乐。

- 拔萃（黄家正就读的学院）精神非我所要，这是建基于比赛之上的，我们太想赢音乐节，这种心态超过追求音乐的心。胜出时感到团结，仅此而已。我想要的是，大家追寻音乐，宣告我们在演奏，不理胜负。我从小就有这种想法，但我知道别人会鄙视，但我会感染他们，不要为比赛去弹琴。

- 我的一个朋友，是基督徒，我们人生的道不同，他的道是神，我的道是人。

- 我故意超时，选别人不会选的曲，我不需要用赢来证明自己，我比他们好十倍。取消资格好了，我已赢过，锦旗拿去擦屁股。我选此曲是因为我们会获益良多，并非要在比赛中胜出，为音乐而音乐，而非为比赛。我要教育香港弦乐界，何谓室内乐！

- 我需要祷告吗？不需要，相信自己。

- 世上最好的钢琴演奏家是谁？我！

- 成为钢琴演奏家可能是我的满足，但演奏家这个词笼统，每月一两场还是十场，频繁出国演出又意义何在？都不是为音乐而去演奏，我的终极目标是做一个人，有良知，有人性。

- 世人懂音乐就不会有战争。

- 为何搬家？因为父母离婚。为何离婚？因为父亲有第三者。这是我一生学得最多的，通过父母离婚，不论医生还是音乐家，背叛妻子，不尊重亲人，推卸责任，都是不对的。这一切告诉我，他没有人性。

- 为何手指会弹琴？为何我会说话？有亚当夏娃吗？如果无神，音乐可否用科学解释？如果有神，那为何世界不公平？我一直在追求答案。

毛姆论天才

· 所谓正常其实是最罕见的。正常其实是一种理想。是人家根据人性的共性编排出来一幅画。要想把这些人类共性在一个人身上找到实在太难了。

· 所谓的天才不仅仅因为他与生俱来的能力使他们能够站在最高点看世界，更因为他的成果对整个大众都具有吸引力，而不是仅仅针对某一类人。他的内心世界就是普通人的世界，只不过更饱满更含蓄有力。他的交流方式是人人都懂的，虽然并不是每个人都讲得出为什么他所表达的东西很重要。天才不过是个超级正常的人。

· 完全正常的人是一个幻象。他要拥有所有的正常指数。而我们常说的天才表达着人类共同的东西，人的共性。其实只是因为天才就是这样少有的正常人，所以他所表达的东西才如此有吸引力，因为大家都懂。因为我们都知道什么是正常。

电影院为什么这么黑

街对面的大商场里有一家电影院，因为新开业，每天都在半价。晚上闲逛的时候，正好走到电影院门口，突然想一个人去看一场电影，只可惜时间太晚，又没有午夜场，只好到隔壁的游戏厅转了一圈回去。

之前做杂志的时候，找朋友帮我聊一聊电影院，朋友说她对去电影院看电影很无所谓，然而我却不是，在所有的观影方式中，我最喜欢的，还是到电影院里去。即便家里有光碟可以看，网上可以下载，甚至是可以在线观看，但我还是喜欢到电影院里去看电影。因为电影院是一个奇妙的地方，许多的陌生人在一起大笑或者大哭，一起愤怒或者咒骂，因为在黑暗之中，有了黑暗的保护，人们才可以这样亲密又陌生，才可以这样肆无忌惮，心灵相通。

我从小就是在电影院长大的，小时候住的部队大院的街对面就是部队的电影院，高中的时候和同学逃课去看电影。大学里谈的第一场恋爱，约会最多的地点也是电影院。其实电影的确是哪里都可以看，可是比起去电影院看电影，我喜欢的是去电影院这件事本身。难过的时候，我喜欢随便买一张票，坐在黑暗的角落里发呆，看着那隐约的光线下的每把椅子，它们紧紧地并排静默着，它们身上各有各的伤痕，就像每个人的心一样，每把和每把都不一样。

那时候的电影院，是一个没有自己的房间的孩子可以哭泣的地方，是相爱的人可以拥吻的地方，是无聊的胖叔叔打呼噜的地方，是孩子们跑来跑去在角落里捉迷藏的地方，是第一次偷偷地牵男生的手的地方。每个电影院都有每个电影院的风格，放的电影也不一样。我们的电影院是我们的地盘，而走过两条街去其他的孩子的电影院看一场电影，和一次探险没有什么区别。

夏天的夜晚，我们坐在电影院外面的台阶上聊天，听着身后传来男女主人公的声音、音乐的声音，就知道故事讲到了哪里。到了都喜欢的情节，就一起再钻回去看。一场电影换好几次座位，有时候还换好几个厅，常常从悲剧的世界直接跳入喜剧的世界，从爱情的桥段直接跨越去冒险。

我们只是喜欢去电影院而已，演好电影的时候我们去，演烂电影的时候我们也去。

而现在的电影院，太像是一个看电影的地方了，所有人的眼睛都朝向前方，都要盯着屏幕使劲看。情侣们不再拥抱和接吻，在黑暗中不再彼此凝视对望，上厕所的人要一路小跑快去快回，小孩子只能去看儿童片，没有大人的带领，再也找不到边角小门，混不进电影院，只能在家看迪士尼动画。人们吃爆米花，喝可口可乐，对偶尔进出的人不满意，看任何电影都要事先斟酌评估一下，没有人再会只为去黑暗里坐坐就花钱买票，看完电影出来就一定要到网上写评论，讨论这票钱花得值不值得。我们计较它有没有让我们笑，有没有让我们流泪，让我们感动。

而从前，我们是不计较这些的。从前我们很穷，我们也很富有。

现在所有的人到电影院里都是去看电影的，不是去玩的，不是去发呆的，不是去恋爱的，不是去坐在人群中孤单自处的，不是去哭泣的或者睡觉的，因为这代价是六十元一个半小时，我们处理自己的情感，也必须考虑经济实惠。电影院里每天上映着别人的故事，却再也不会发生我们自己的故事。在舒适的沙发座椅中间，吹着冷气，我想起我们的过去。有些伤感，但却不至于流泪。

我们曾经相爱的城市早已经没有了天堂电影院，亲爱的，我想在荧光下飞舞的尘埃里再吻你一遍，然而这愿望终究无法再实现。

注：本文标题取自蔡康永同名杂文。

大风起兮太阳升

我在万达的放映大厅等绿妖来，一个男人走过来坐回到我对面的椅子上，他把他搭在椅子背上的衣服穿上，翻翻手里的报纸，翻了一会儿，突然抬头问我：“你看过《太阳照常升起》吗？”

我摇摇头，男人“哦”了一声，继续低头看他的报纸。我想他大概是没拿定主意要不要看这部电影，但是我没办法给他什么意见。我掏出手机，给绿妖发短信，短信还没发出，抬眼看到绿妖已经晃晃悠悠地过来了。

电影很好看，是那种我非常喜欢，但只会有选择地给人推荐的电影。在没开演的时候，我和绿妖都想起前两天好像谁说了一句话：因为对这部电影没什么期待，所以也许反倒会有意外的惊喜。我和绿妖都认为是对方说的，但是我们都很确信不是自己，而当时在场的另外两个人杜丽和玎玎却被我们一致地排除，认为那不是她们会说出的话，于是嫌疑最大的依然不是她就是我，这成了一个悬案。

到了电影散场，我们又提出这句话的正确性，虽然依旧找不到说话的那个人，但是对于我来说，这部电影带来的不仅仅是一点惊喜。绿妖则嫌它太过粗暴了，而我喜欢的，却正是这肆意妄为的粗暴。它比我想象得要好太多，野性和激情第一次在中国人的血液里没有被按住，它不可遏制地喷薄而发，让很多人接受不了。

哪里来的那么多的风呢？我看电影的时候就一直在想，到底是哪里来的这些风，仿佛从另外一个世界吹来的，吹得树叶沙沙地唱，吹得草哗啦啦地响，吹得疯女人灰白的头发飘啊飘的。她爬到树上，对着天空大喊，风就把她的话都吹走了。落到哪里，不知道。

这让我想起了斯坦尼斯拉夫斯基的《我的艺术生活》，有一次他和他的导演谈论一个演员，那个演员什么都好，技术也好，嗓子也好，斯坦尼斯拉夫斯基就问那个导演觉得怎么样，结果导演摇摇头："可是他没有诗意啊！"

当读到"诗意"这个词的时候，我笑了。诗意是什么，好难说清楚，但是看了这部电影，我在心里把姜文列为我心中最有诗意的三个中国导演之一，另外的两个是贾樟柯和朱文。贾樟柯是文学专业出身，朱文干脆是诗人出身，因此姜文的诗意又和他们不同，姜文出身绚烂的舞台，他的诗意，令人炫目，就好像风吹动着树叶，阳光照下来，叶子反射的光，斑斑点点的，闪得你恍惚。

我曾经不止一次看到一个导演试图在他的电影里将它捕捉，顾长卫在自行车后面拴上一个降落伞，孙周更是直接让诗人的女朋友赤脚走在钢轨上。不对不对，不是这样的啊，要有风，有很大的风，要有从另外一个世界刮来的风，还要有树、有太阳，那才对。

在我们的身边，已经很少有人看得到这些了吧，这是一个没有诗意的民族，所以这部电影，我想注定是很多人都不会喜欢的。人物关系、故事情节、逻辑结构，人们喜欢讨论的是这样的东西，讨论黄秋生为什么要死，讨论疯妈到底死没死。我看了一些影评，果然是这样。

多可笑啊，好像我们一直讨论下去，就可以讨论清楚了，可是，我们为什么要把什么事情都搞得那么清楚呢？

谁会看电影里的诗意呢？谁会看那风、那树，还有那带着黄色胡须的鱼鞋有多么美呢？谁会感受到在风中奔跑的赤脚，踏在干净的泥土上的感觉，泥土沾在脚底板上，把脚底板染成了红色？谁会体会冲着太阳喊“火车在上面停下了，他一笑太阳就出来了”的疯子一样的自由？

还有那咄咄逼人的性感，透明雨衣里放着的金属钥匙，穿塑料凉鞋的女人的脚踩在地板上，拧动床单时在白大褂里印出的底裤痕迹。我喜欢这咄咄逼人的性感，因为它从来没有这样放肆地出现在一部国产电影里。

诗意是最没有用的，但是诗意却是唯一能将人从庸俗的生活中解救出来的东西。名和利，还有金钱，都不能将人拽出生活的泥沼，只有诗意可以让你生命中的每一束光都显得与众不同。

这个世界到底谁拯救了谁？谁想从谁身上得到什么？像疯妈这样的疯子，很多人不知道自己为什么喜欢她，很多人问黄秋生最后为什么会死，为什么姜文会下放，他们之间到底怎么回事。我不问，我看电影，我看风吹过树林，吹过小河，我看绣花鞋顺着小河流淌而去，我看男人的尸体吊在拱门下，看天鹅绒不像女人的肚子，看太阳照常升起，再落下……

我双手插在裤兜里，歪歪斜斜地晃过天桥，北京的秋天，真好。风吹过我的头发，吹起我的衣服，很多人从我的身边走过，规规矩矩地走过，我看到天桥下的车流，想起疯妈打了儿子一个耳光说的那句话：

听着，你是看不懂，不是没看见。

那些黑泽明知道
吴宇森不知道的事

假期旅行的途中在宾馆电视里看了《赤壁》，比想象中的好看，大概是对吴宇森拍这部电影本来就没有什么太多的期待，所以才觉得也没有太失望。看到著名的“天凉扇扇子”的桥段也有笑到，看到萌萌也有被“萌”了一下，金城武还是很帅，梁朝伟还是很闷骚，战斗开始的时候，刘关张等各将领你方唱罢我登场的武侠片方式，让人忍俊不禁。

对于一个拍了一辈子类型片的香港娱乐片导演来说，好像路数变化不多，只不过黑社会老大们当初拿枪，现在拿了刀叉剑戟，虽然使了这么大劲，可这个东西几乎没有什么可圈可点之处。但是因为对类型片套路的熟悉，整个电影拍得中规中矩，反倒比这几年的《夜宴》和《无极》之类来得顺畅舒服。前两部我是完全被装模作样的假深沉给搞得很烦躁。这部倒还好，会看出诚意来，看得出尽心尽力，水平就是如此，所以就还可以，还可以啦。

和朋友说，整个看电影的过程中，我一直会出戏地想起黑泽明的《七武士》，朋友说，那是黑泽明，这怎么能放在一起比。但是回过头我还真是自己仔细琢磨开了这个问题，其实就是自己比较着玩，因为有时候要这么比着看，才能看明白到底差的差在哪儿，好的好在哪儿，否则就不知道这个世界上，好东西是怎么来的。

犹记得第一次看《七武士》这个电影，完全给震惊到，它的好，是从镜头到演员到音乐，到人物刻画等每个角度都可说，可以写一本书出来的那种好。但是我之所以独独在看《赤壁》的时候会不断地想到《七武士》，是因为两部电影都是以少胜多、以寡敌众的战争题材的电影。不同的是，《七武士》完全是一个虚构出来的故事，而赤壁之战，大家都知道，这是中国历史上的经典之战，它的的确确曾经发生过，所以没有人会怀疑它的真实性。

然而，正是因为没有人会怀疑它的真实性，故事是现成的故事，情节是现成的情节，所以才让吴宇森导演没有抓住赤壁之战这件事的本质吧。因为不需要费力气去证明这场以少胜多的战争真的存在过，所以，导演就把重点放在很多大场面的铺排、特技效果的大阵势、演员的姿态、镜头的意境这一类东西的表现上。当年赤壁之战到底发生了什么，到底有过什么样的细节，到底为什么会以少胜多，书上都是演绎的方式，并没有具体讲过。

从电影也可以看出来，吴宇森对这些细节也并没有下功夫去研究过。因此，这部电影，如果抛开所有中国人都对这场战役的真实性毫不怀疑这个前提，那么吴宇森的电影里所表现出来的这场赤壁之战的故事，就是一个不成立的故事。而正因为他对这个战役没有最本质的研究和把握，所以很多需要细节和真材实料的地方，就只能避实就虚地表现，比如真正到了战场上，这场战役的细节，就采用最惯常的好莱坞套路，给每个英雄人物一段表现自己英勇的戏，表现局部，然后是大远景，表示战争的胜利或者失败。

回头再看《七武士》就会明白，大师的伟大之处就在于，他在考虑一个故事的时候，不仅直抓事物的本质之处，也敢把它扎扎实实、明明白白地表现出来。

以《七武士》中的战斗场面为例，七个武士，一群农民，几个山贼，这个仗是怎么打的，弱势的一方是怎么赢的，看完电影后，让人恍然大悟，佩服到无以言表。所有的战斗场面，竟然基本上都用的是没有办法取巧的长镜头、远镜头，没有一个地方是跟观众玩花招、虚招的。

群戏不好拍，群架更不好打，打群架打得这么结结实实的，看似一场真实的乱战，仔细品味，却又有层次，又有节奏，好像乱糟糟地打成了一团，但是演员的动作和动作、位置和位置的联系与逻辑，直接关系到了每个人的生死以及这场仗的胜负。等看过电影之后，回想起其中的细腻、设计和种种把握，真不知道导演当时是怎么调度演员，怎么拍出来的。一个导演如果没有底气，没有魄力，对自己要表现的东西不能胸有成竹，没有抓住他想要拍摄的事物的本质，是断不敢这么玩的。

说起来，这和我们写东西也是一样的，要写你知道的东西，不要去写你根本没有想清楚的东西，这是我近几年来明白的一个道理。从前我自己也是心大，通常想到十分，下笔只能表现出两分，而现在我能想到五分，下笔就能达到五分，这已经是很令我个人欣慰的进步了。

如果一件事，你自己都没想清楚，没搞明白，那么写出来的东西，也会空、大、虚、底气不足，缺少生活的底子。搞艺术创作，这些道理都是相通的。这也就是《赤壁》的问题所在，现成的素材直接拿过来用就可以了，然而，这些东西放在小说里还可以，放到电影里，要结结实实地展现给人们的时候，就太不够了，需要填充无数细节，需要太多生活的底子才行。

这时候，面对有限的素材框架，需要一个导演去填充更多细节，导演和导演的差距就可以体现了。挖根溯源是一种填充方式，添油加醋是另一种填充方式。伟大的导演选择的是前者，平庸的导演选择的是后者。伟大的导演一招一式都是实的、你不知道的、让你恍然大悟的。因为想不出、想不透，所以就有挖笛子啊，生小马驹啊这些边角料的东西塞了进来。

而看完电影，我就明白了一件事，吴宇森讲出来的都是我已经从书上知道的，那些貌似我不知道的，都是他瞎编的，无关紧要地在兑水而已。赤壁之战到底是怎么一回事？吴宇森其实真的不知道，也根本没有去想。他的精力都放在搞大场面、造声势上去了，或者水平有限，再挖破脑袋，也是勉为其难了。那倒也不必指责什么。

当然了，吴宇森不知道赤壁之战是怎么回事，难道黑泽明就会知道吗？黑泽明来拍《赤壁》又能怎样？这让我想起曾经读过的一句话，大意是：一个伟大的艺术家，你不要去看他做了什么，而是要去看他没有做什么。开始的时候，对这句话我很是费解，但现在做完这个比较再回想起来，我也觉得清晰了。

一个真正的大师，通常都是大老实的人。如果没有想清楚赤壁之战是怎么回事，驾驭不了赤壁的题材，他就不会去拍《赤壁》。如果他只能驾驭得了七武士的故事，他就只去拍《七武士》，并把它拍得扎扎实实。他知道自己知道什么、不知道什么。而恰恰是一个平凡的人，有时候会过于高估自己的能力，总以为自己什么都知道，胆子特别大，没想清楚也什么都敢拍。黑泽明难道就一定知道赤壁之战怎么回事吗？他当然未必知道。可是他和吴宇森的区别也许恰恰在于，吴宇森敢拍的东西，黑泽明未必敢拍。

因为吴宇森不知道黑泽明知道的事。

怀念一个叫游达志的人

第一次看游达志的电影，我以为是王家卫的作品。当年我住的那个城市里，一个当地的小电视台经常在半夜三更的时候找些港台片来放一放，那一次放的就是游达志的《两个只能活一个》。我没听说过这部电影，也不知道有游达志这么个人，但是导演驾驭音乐叙事的语言让我惊艳，再加上镜头是那样暧昧疏离，于是就往王家卫身上猜了。

电影是从下半部开始看的，看完了第二天就跑去附近租碟的小铺问，有没有王家卫的一个电影，讲什么样的一个故事的，开碟铺的姑娘被我问得一头雾水，就又说是李若彤和金城武演的。她这才恍然大悟，跑去把《两个只能活一个》给翻了出来。这时我才看清楚，上面的导演并不是王家卫，而是一个叫游达志的人。

那是 1997 年的夏天，很多香港电影里都有一些关于回归的镜头，游达志也不例外，两个业余杀手一起去看庆典，坐在马路边吃冰淇淋，女杀手问男杀手：“你有点喜欢我？”男杀手回答说：“有一点。”女杀手就说：“我也是。”他们漫无目的地在这个城市闲逛，第二天，就有一个人要死掉，他们打赌，看谁会死去。结果女的输了，于是她对他说：“答应我，不看报纸，不看电视，如果你不知道我死了，我就还活着。”

我一直对马来西亚和新加坡的男人有一种集体印象。觉得他们缺少个性，比较中规中矩，心理上也鲜有阴暗的一面，相对比较简单。这大概是由于小时候风光片和电视剧，以及一些来海峡两岸与香港发展的明星们看多了而得来的。因此当我知道游达志是马来西亚人时，对于他的作品感觉颇为意外。

我在网上看到他的照片，的确很像我的一些新马的朋友，干净而整洁，蓝格子衬衫穿得普普通通又中规中矩，若是没有看过他的电影的人，一定不会知道，这个人是个异数。不仅仅是相对于马来西亚华人，对于整个华人导演群体来说，他也算是个异数。拍的电影不多，我找来找去，只看到了其中的两部，以至于当我跟人说我最喜欢的香港导演叫游达志的时候，很多人会问我，游达志是谁。

游达志是谁，我无法回答这个问题，除了他的电影，我们对他知之甚少。2001 年的时候，他已经离开了银河公司铁三角；2002 年的时候，有人还把他作为香港少壮派电影导演来追忆；到了 2004 年，游达志几乎已经从我们的眼前消失，很少再听到他的消息，也不再看到他的新作品问世，他在银河的最后一部

《废柴同盟》是 2001 年上映的。后来他就离开银河回马来西亚去拍电视剧了。

但有趣的是，我遇到的看电影的朋友，对游达志基本上就是两种截然相反的反应：一种是不知道、没看过，另一种就是对他印象深刻。很多看过游达志作品的人都和我一样，觉得此人有着难以掩盖的才气，他除了结构和叙事有鲜明的个性和令人惊艳的创造性外，还有两点让人特别喜欢——对演员的善用和对音乐的把握。

一个好的导演，往往都有一样奇妙的本事，就是能够开发演员的潜力，让大家本来以为演技平平的演员在他的戏里光芒四射。我看过很多金城武主演的电影，但是至今为止，我依然认为他碰到的最好的两个导演，一个是王家卫，一个就是游达志。因为王家卫的电影巨星云集，金城武的戏份并不多，所以《两个只能活一个》就成了我看过的金城武演得最好的一部电影。至于李若彤，那个漂亮的木美人，则更是让人在看了《两个只能活一个》之后，才知道她原来还很会演戏。

除此以外，最令我对游达志折服的一点，就是他能让他电影中的每一个人，哪怕配角，都那么有戏，在电影中个性十足，有一种迷人的风采。我不知道他是怎么做到的，这在香港电影中，也只有王家卫能够做到。而无论演员在电影中表现得多么出色，都能够不让演员的光辉掩盖导演智慧的，这样的事情也只有王家卫能够做到。

除此之外，该片的配乐也可以算得上华语电影里的经典之作。我一向喜欢对电影音乐的叙事有独特理解的导演，常常为像昆汀·塔伦蒂诺、斯坦利·库布里克这样的导演着迷不已，而游达志的电影配乐的天分，确实是我万万没有想到的。

在电影中，女杀手第二次砍掉了黑社会老大的右手指，两个杀手一起在街上仓皇逃窜，后面追杀的帮派成员，追到半途中，看到便利店都跑进去买冰块，因为老大断了的手指头如果不能冰冻保鲜的话，到医院就接不上了。游达志此处的电影音乐，是一段轻浮欢快的、有60年代风格的电子音乐，透着一股骨子里的冷漠和戏谑，让一场本是性命相扑的追杀，变得像儿戏一样荒诞。

他利用音乐的表达，实在是太过特别，看似信手拈来，却处处显示着对音乐的精确把握，其黑色及幽默的程度，甚至可以和昆汀·塔伦蒂诺媲美。虽不是宏大制作，其才气却是国际水准。

我一直觉得游达志本可以成为香港影坛一个像王家卫一样的标志性人物。但是他没有那么幸运，先被国际认可，然后反过来被华语观众接受。作为一个马来西亚来的导演，他在香港没有足够的人脉和根基，当年对电影的意识和拍摄的手法又太过超前，不接香港电影市场的地气儿。在《古惑仔》风靡海峡两岸与香港的时候，没有观众买他的账，所以当唯一的依靠银河映像也开始向市场妥协的时候，游达志就只有两个选择了，一是投降，二是离开。他选择了后者。

我们当然不能说杜琪峰携银河映像加入中国星集团，从此改走商业化路线，拍卖座片，先解决生存的问题是错的。我们也无法评说当年游达志固执地选择坚持做自己，离开银河铁三角，回到自己的国家去拍电视剧的选择是否是正确的。生活有时候就是这样残酷，无法用简单的对与错来评说。

对于香港电影来说，游达志太认真了。太认真的人往往难以在香港这块土地上生存下去，就连黄秋生都要在当了影帝之后，把自己的心态调整到原来拍垃圾片时候的状态，否则就活不下去。可见，游达志是不香港的。但是至少，我们还有理由怀念游达志这样的人。也有理由对这样曾经坚持理想的人充满敬意，特别是当现在香港影坛到处充斥着粗制滥造的故事，已经无法像当年那样打动我们的时候。

有时我会想起，早在七年前，就已经有人拍出了水平不差于《无间道》的电影了。只不过，当时大家都在看《古惑仔》而已，一水儿地挥舞着大刀热血沸腾地砍砍杀杀。黑色的幽默，精巧的布局，疏离的镜头，在那个时候不属于大众文化。

有时候我会想，王家卫的电影若不是一出道就明星云集，会不会有机会走到今天这个地步，也是未可知的一件事。如果有什么叫作“生不逢时”的话，那么这就是。假如有一天游达志的电影能够像《大话西游》那样拿到中央六套去放一放，说不定也会有起死回生的力量。

好莱坞再强大，美国本土上还有一批为了理想而坚持拍电影的人，还有独立制片这码子事。我们还能看到一些不是靠特技、明星脸撑起来的货真价实的电影。但是在中国香港、大陆，以至在整个东南亚地区，像游达志这样的人，却没有生存的空间。韩国电影现在开始崛起于世界，就是因为韩国人给了像游达志这样的人机会。事实证明，未必是庸俗的才能够生存。

这么多年过去了，偶尔有朋友让我推荐个电影，我就会说，看看游达志吧，假如你们还能找到的话。因为我知道，他们是不会失望的。作为游达志的影迷，我不希望人们这么快就将他遗忘。我还是一直在期望着，有一天游达志能够归来，拍出更好的作品。华语影坛也能够给那些游达志们更多的机会。

写下这篇文章的时候，给一个朋友看，她也是喜欢游达志的人，大家就聊了很久。朋友说，此前她有机会采访游达志，她对他说，很多大陆的观众都很喜欢你，这让他很吃惊，大概是觉得自己不曾那么红过，这些年来，大家都应该已经把自己忘记了吧。

朋友说完，我们两个都沉默无语，我写过的电影人很多，但从没有一次像这样，特别地希望我写到的这个人能看到我为他写的文章。听说他还是不得志，人也是打不起精神来，我只是十分地想让他知道，其实有很多看电影的人是和他一样的，永远在渴望着不落俗套的生活。

注：写作本文时，我对游达志的归来，还有着满腔的热情，还抱着少许的希望，一晃多年过去了，世事变迁，生活中的很多故事的结局，我们都学会了理解和接受。每个人都有他的人生轨迹，我们自己的人生也一样，电影的历史浩如烟海，很多人来了又走，明星也好，导演也罢，作品不在多少，该被人记住的，将终有一天被人们记住。

我爱天才

每个爱看电影的人都会有属于他个人的对题材的偏好，有人喜欢警匪片，有人专挑爱情故事，所谓萝卜青菜各有所好。有一段时间，特别对两种电影我绝不会错过，一类是关于孩子的电影，另一类就是讲天才故事的。后来我发现了自己的这个爱好，觉得颇为有趣，看似不经意的选择，其实都有内心深处潜意识的原因存在，这也让我开始省视我自己。喜欢关于成长主题的电影，大概是因为我的内心还有些拒绝长大的固执，而喜欢关于天才的电影呢？我想大概是因为自己本身只能算是个庸才的缘故吧。

写下“庸才”这两个字，我琢磨了半天，希望能用个更好听的字眼来代替它，但是没有。天才，庸才，一字之差，却全无半点可以通融，于是也只好笑笑作罢。在实际的生活中，我其实并不认识什么天才。但好在有电影，于是我可以选择不错过这样的一个场景：他形容消瘦，身上的风衣还带着昨夜雨水的潮湿味道，他被人们当作疯子，事实上他也的确是刚刚从精神病院里出来。当他叼着烟，怀里抱着他的乐谱，浑身发抖地走进那家小饭店的时候，所有人的目光都在说，看，多么奇怪的一个男人。然后他径直地走到钢琴前坐下，开始弹琴。于是这个充满了烟草和庸脂俗粉味道的屋子，在一刹那间被点亮了，戏里的每一个观众都目瞪口呆地望着他，而戏外的我泪流满面。他们不知道他的孤独、他受的折磨以及他的纯真，但是我知道。

这是《闪亮的风采》中最打动我的一幕，虽然并不是全剧的高潮，但却最能够让人体会到天才到底是什么。在庸俗不堪的生活里，在纷繁琐碎的日子中，天才的出现，仿佛是一道神的光芒，穿破城市灰蒙蒙的上空，穿透层层的阴暗射进你的心里，让你不得不仰视，不得不对这个世界怀有一份敬畏之心，相信这个世界，还有一种东西叫作奇迹。

因为太爱这奇迹，我甚至在看《天才瑞普利先生》的时候，把所谓的正义感统统地抛在了一边，心中暗自祈祷着，这个天才的罪犯最后不要被抓到，即便他是撒旦，他大胆的创造力和匪夷所思的想象力也令人惊叹，他的身上笼罩着一种迷人的力量，他是真正能够逃脱这个充满了束缚与挣扎的世界的人。而与这个世界的种种制度和桎梏周旋游戏，也正是他留给世界的一份杰作。

我并不知道自己在现实生活中是否真的能够辨认出一个天

才，有时候，神迹就在你的身边，但你也很可能根本看不到。

我常常想，也许我并不会因为自己不是个天才而感到痛苦，但是我会为自己没有善待天才而感到羞愧。世人庸俗的灵魂常常对这个世界的奇迹没有丝毫的敬畏之心，他们又欢快又热闹地活着，这本身无可厚非，但是当他们以为莫扎特的音乐之所以美妙，是因为他们的狗听了都能够安静下来的时候，这个世界应该为此而感到悲伤和惭愧。

爱一个天才并不容易，特别是当你爱的是他的天才而不是他的全部。

莫扎特是一个举止粗俗、没有教养的小矮子，他长相平常，笑起来像一只猴子；《心灵捕手》中马特·达蒙扮演的天才少年威尔是一个撒谎、打架、自暴自弃的小混蛋；《闪亮的风采》中的大卫精神不正常，总是不穿裤子跑来跑去，总想把手往女人的乳房上放。

这些天才们，就好像那些叼着银匙出生的富人一样，他们无情地嘲笑着穷人，当平凡辛勤的人们渴望着上天赐予他们再多一点点的灵感时，天才们在肆意地挥霍着上天赐予他们的财富，却从来不知道感激。

作为一个同样搞创作的人，当我看到威尔的数学老师痛心地跪在地上，手中握着被威尔撕碎了的演算草纸说“上帝赐给了你我们这些人做梦都想拥有的财富，你却把它扔进了垃圾堆”的时候，我能理解他的痛苦。当萨切特指责上帝，为什么自己如此虔诚，却得不到上帝的恩宠，偏偏选择了莫扎特唱出神的声音的时候，我也能理解他的愤怒。这个世界本来也没有什么公平而言，除了接受，我们别无选择。

即便如此，我还是爱着那些天才的，我贪恋他们身上散发的那种神迹般的光芒，沐浴在这种光芒中，哪怕是一刻，也让人觉得无比幸福。庸人和庸才的最大区别是庸人会永远活在混沌的世界里，看不到神谕之所在，即便手中捧到的是世界上最璀璨的钻石，他也丝毫感受不到那种美，而庸才则是那些能够认出钻石的人，但是钻石永远也不会属于他们。

做一个庸才是痛苦的，比做一个庸人还要痛苦，萨切特一辈子都比莫扎特活得好，和一个天才穷困潦倒的生活相比，他过的日子是天堂，但他无可选择地成了一个庸才而不是庸人。即便是所有的庸人都在为他喝彩，奉上礼物和敬意，他也无法欺骗自己，他永远无法写出莫扎特那样的神作。他是最懂莫扎特的人，也是整部电影中唯一能感受到神的光辉的人，这光芒对于他来说，与其说是一种幸福，不如说是一种痛苦。自卑和嫉妒折磨得他发疯，于是他选择与上帝对抗。

我一直觉得萨切特其实是爱着莫扎特的，就像我们也无可救药地爱着这个世界天才一样。在莫扎特临终前，两个人一起写稿子的那个夜晚可能是他生命中最美好的时光。毁灭一个自己用整个灵魂去爱过的东西，那种痛苦大概也不仅仅是自责那么简单的。千方百计地将这个世界上那道最耀眼的光亮消灭掉之后，深深陷入黑暗中的却正是萨切特自己。于是他用刀片割破了自己的喉咙，血流满地，吓死了闯进来的仆人。

也许做个庸人会更幸福吧，如果什么也不知道，什么也看不到，压根一丁点的天分也没有，也就不会为自己的天分不足而感到痛苦，更不会为那些永远无法企及的伟大的目标而沮丧。然而我却宁可选择承受这份痛苦，也不愿意放弃，这世界本已黑暗，若仅仅因为惧怕痛苦，便以昏睡为乐，那此生又有何意义？

蒲宁年轻时开始写作，也曾为自己没有托尔斯泰、陀思妥耶夫斯基那样的天分而苦恼不已，他的朋友契诃夫只对他说了一句话，“大狗要叫，小狗也要叫”。作为才华有限的写作者，我爱天才，却也爱自己，常常把上天给予自己的哪怕小小的一点灵感，也当作恩宠，得来不易，心怀感激。

虽然我们的灵魂平凡，却也无须卑微。只需真正地敞开心扉，去拥抱那美丽的光芒。当我们真正能够体会到那奇迹所带来的幸福，方可知道，每一个降临到这世界的天才，都不是偶像，而是神的礼物。

昨天的孩子你是谁

多年来，我一直记得很久以前在电视上看过的一部叫《社会形象》的话剧。一个努力保持社会形象却又为自己的欲望所困扰的女人在报纸上发表道貌岸然的征友广告，结果前来应征的只有一个男人。他实际上的目的是以破坏掉女人的道德防线为乐趣，最后他成功突破了那个女人的防线。

这个话剧当年给我留下的深刻印象就有两处：一是女人门廊里的那些怒放的花，一是那个无赖男人。他光彩夺目地出现在门外，女人立刻就目眩了，使出了浑身的解数来抵御这一场诱惑。我也看晕了，他的身形像翻版的费翔，却又因为角色的缘故比费翔多了一份亦正亦邪的不羁。后来我在《大众电影》的杂志封面上看到他，他的名字叫贾宏声。

他是那种无论你喜欢他还是讨厌他，都不能忽视他的存在的人。我第一次见到他时，惊讶于我们的演员里竟然也有这样的人物，就凭直觉认为他一定能成为“somebody”，一定能红。然而事情常常非我们所愿，后来的一段时间里，他又演了一些角色，很多作品本来就很垃圾，他塑造的角色也并不好，空洞苍白又装腔作势，于是大家都反感了起来。但至少里面还有些念旧如我一样的人，稍微能体谅他的一些自以为是和不知所措。

这就是一个演员的昨天吧，其实我们这些旁观者除了他的作品年表，并不曾真正知道他经历过什么，直到一个叫张杨的人真的把一切都撕开来给我们看。当然一起撕扯出真相的还有贾宏声自己。他站出来告诉很多人，他很长一段日子不见是因为吸毒了。

于是我们看到他如鬼魅般的黑色的影子从他的房间里飘了出来，看他躺在草地上望着蓝天里的风筝。看他第一次听到列侬的歌声靠在立交桥柱子上哭泣的丑陋的脸。看他幻想自己是列侬的儿子。看他放下酒瓶给父亲的那一记响亮的耳光。他问他的父亲，你为什么活着？他被送进精神病院，我们看他被绑在精神病院的床上痛苦地哀求。看他在一棵郁郁葱葱的大树下给一个女病人签名，那女人说“我知道你，你是演员。你给我签个名，我给你支烟抽”，他说他什么也不是，他只是一个人。

他在舞台最后的灯光熄灭之前对母亲温和而谦卑地笑着，这表示他终于是众望所归地戒了毒了。然而，当看到他的罪恶和他的光彩也一起消失、泯然众人的时候，不知道为什么我竟突然感到一些悲哀。

也许我们终究要学会自己动手把自己的灵魂从高处拉扯下来，再踩上两脚，使它卑微如蝼蚁方能生存吧。什么也不能帮助你的灵魂在这个世界之外高贵起来，什么也不能。我们是早早就学会这一点的人，而他就是那个怎么也学不会的家伙。

他的《昨天》，并不是一个关于吸毒堕落的故事，而是关于人的。他的故事里有我们每个人的昨天，有我们曾经爱过的东西，每个人曾经追问过自己的问题。我是谁？我从哪里来？如果我不是我，那么我是谁？我更不知道该怎么解释我从这个故事里看到我们曾经的彷徨，看到曾经怎样渴望过的飞翔，看到另一种生存的可能。如果当初我们不停地追问而不是及早地学会妥协，如果我们让我们的虚荣涨满心房，如果我们坚信了另一种存在，那么我们的生活有怎样的一种可能？

他的确是走得太远了。这个叫贾宏声的人，很多人还是不能因为他的坦白和忏悔就宽容他。若我只是从这个故事开始认识他，若我没有看过那个阳光灿烂的午后他曾怎么微笑着走进一个女人的房间，我想我会以为他是一个天生的边缘人。然而这个世界上是没有什么天生的边缘人的吧。他们终究是从什么人身边走开的什么人而已。可能是我的一个同学，你的一个邻居，他的一个小时候的玩伴，或者，一个我们曾经在电视上看过的演员而已。

曾几何时，年少的我们都幻想着和这个世界彻底决裂，而今却早已变成我们公文包里对昨天的记忆，我们时不时地拿出来把玩，和下一代讲一讲我们也曾是的叛逆少年。想着昨天我们舍弃的那一条“邪路”，回归的这条“正路”，我们此生永远不知道另外那条路的尽头是什么。

所以我想说这个叫张杨的家伙真是个残忍的家伙，不流一滴血的那种。他只是提供了一种可能，一种让我们都惊出一身冷汗的存在的可能而已，就把好人们对生活理直气壮的愤怒硬生生地给堵了回去。有时候目睹一场罪恶的生活，很大的一个作用就是让好人们知道自己的生活是对的，至少不会更不对了。妥协是对的，投降是对的，卑微是对的。不对也不行啊。看到了吗？那就是不对的结果。

这不是一种残忍是什么？把什么都撕开来看了。背景还要点缀上美丽的夕阳。把一条条你想到的路都堵死了，天空中却飞着自在的风筝。一个人，需要多少隐忍才能感觉到平静？需要放弃多少欲望才能得到心灵的自由？一个人，需要追问自己多少次才能知道，“我是谁”。

也许，我们真的不过只是一个，人。

当我发现自己处于烦恼之中
他来到我的身边
为我指引方向
顺其自然

当我站在黑暗的时空
他站在我的面前
为我指引方向
顺其自然

所有伤心的人生活在这个世界上
将会有一个答案
顺其自然

即使他们将要分离
他们仍有机会看到一个答案
顺其自然

阴云密布的夜空
将会有光明
他照耀我直到明天
顺其自然

——约翰·列侬

作为演员的贾宏声

个人看过的贾宏声的戏有三部是最好的，一是初识贾宏声的《社会形象》，那时候他还年轻，演一个放肆的浪荡子，除了帅得惊为天人，还让我感觉到他演戏时骨子里那种狂放和张力。虽然我当时还是一个小孩，但也被震住了。另外两部是《昨天》和《苏州河》。

现在回想一下，其实贾宏声不适合演一些常规的、性格平凡普通的角色，他最适合的就是那些感情喷薄而出，能量巨大，令人震撼，个性鲜明，充满艺术气质、神经气质的角色。一演那种温吞的、平凡庸俗的角色，他就会显得特别装腔作势、拘谨、装……他就不是一个庸俗的人，他也不会收敛。

但是话又说回来，在中国，也没有几部戏里有这样的角色，中国影视作品里的角色，大多也都“正常”得一塌糊涂，隐忍、含而不露、厚黑什么的，没有什么真正带劲儿的、疯狂的个性。

所以，贾宏声也不可能有什么戏可拍。

在国外也经常看到这样的演员，一辈子就那一个劲儿，邪的、酷的、疯的……你说是什么都行，总之就有那个劲儿，但是也能演一辈子戏，国外的影视作品多样化，可以容纳很多不同类型的演员。他们身上有一种迷人的气质，让人无法忘记，他们一辈子演他们自己就行，没问题。这样的人无论什么时候一出场，你都会知道他和别人都不同。每个电影业成熟发达的国家，都有几个这样的演员，但在中国就不行，行不通。

在贾宏声离开后，娄烨曾经写文章纪念他，娄烨说："1998年，我开始准备《苏州河》，习惯性地，我想到他。我越来越清楚自己其实像以前一样还是忘不了他，还是喜欢他，喜欢他的所有，他的眼神，他的脾气，他的幼稚和不讲理和他的所有那些毛病。而且我也知道他很清楚我喜欢他。"

他是我见过的唯一一个能把一辆中国二八大破自行车骑得跟哈雷摩托一样牛 × 的男演员，当年我看到这个镜头的时候就完全被震住，那是一种直见性命的狠劲，中国找不到第二个人能拍出这种镜头来，"文艺青年""理想主义"一抓一大把，但是直见性命，而且一直都直见性命的人，没有几个。所以我知道，他是唯一，不是之一。

在写完有关《昨天》的评论的十一年后，听到了他自杀的消息，人们说什么的都有，作为从少年时代就断断续续看他作品的观众，我对他非常有感情，内心复杂，一言难尽。

有些人，无论你喜欢他还是讨厌他，你只要见过他一眼，就再也无法忘记他，贾宏声就是这样的一种人，他虽然没能像我当年希望的那样大红大紫，却终于成了“somebody”，被一些人遗忘，却永远留在另一些人的心中。

我曾在我们办公室楼下和他擦肩而过，他穿着牛仔服，抱着一个纸箱子出大门，我一眼就认出他来，因为他气质实在太好了，太与众不同，在东三环的办公楼里出现这么个身上不带一点尘世的气息的人实在太扎眼，不可能忽视，但我从不会上前和明星搭讪，所以只在他身后望了望他站在路边等车的背影，电梯来了就进去了。再过了一年，就听到他离开的消息。

他的离开成了我们这些喜欢他的人心中的一个痛，这个痛是伴随着一个巨大的遗憾而来——在一个信息交流如此发达的年代，我们竟然不知道用什么方式告诉他我们喜欢他，一直记得他。就在他离开前不久，我还曾经搜索他的消息，在论坛上问大家，嘿，你们知道那个贾宏声怎么样了？可惜没打听到，现在也不用再打听了。

在他走后，听说他最大的遗愿是跟人正常交流。这让我心里觉得很难受。喜欢他的人明明是有的，可是他找不到我们。我们也找不到他。我们互相找来找去，找不到彼此。因此我对那天的擦肩而过十分后悔，如果我知道后面的事，我一定要上前去告诉他，我认识你，你是贾宏声，是一个演员。我从小看你的戏，作为一个观众，我从没忘记过你。

人世间的善缘，到底是什么样子的

2018年在威尼斯电影节上拿了金狮奖的《罗马》，取材自一个真实的故事，讲述的是导演阿方索·卡隆童年时期，家中的女用人克里奥和自己家人之间的故事。

这部电影并没有很强的故事性，情节十分简单，节奏也很舒缓。基本上就是六七十年代，居住在墨西哥城的罗马区，一个普通中产阶级家庭琐碎平常的生活。

严格意义上来说，这个家的一家之主是常年在外忙碌的父亲，不过这个在家庭生活中一直缺席的男人，在电影中只短暂地露过两三次面，观众连他的样子和名字都没看清楚，他就出轨了。先是不负责任地一走了之，然后和女主人离了婚，把四个孩子、一个老人、两个女佣和一个司机一股脑地丢给了女主人，也就是导演的母亲，自己和情人私奔了。

电影中的另一个重要的男性角色是克里奥的男朋友，这是一个会点拳脚、很壮很精干的年轻男子。开始时，和所有年轻情侣一样，两个小青年腻腻歪歪、千好万好，男人英武阳刚，女孩依赖崇拜。但是当女孩将自己怀孕的消息告诉男人的时候，他竟然吓得落荒而逃，连夹克都不要了。女孩最后还试图找过他一次，这小伙拿了棍子在女孩面前挥舞了一番，威胁女孩不要再来找自己，然后又跑掉了。

电影里的男人们是如此不负责任与懦弱，和女人比起来，简直就是吾友黄佟佟老师曾经的一本小说的名字——《女人是比男人更高级的动物》。

但讨论这些两性关系，并不是这部电影让我触动的地方，电影更令我深深感慨的，是人和人之间，那种奇妙的缘分。

我们东方人，一讲到人和人之间的关系，就特别爱讲“缘分”两个字。在大多数人心中，人与人之间的缘分是有远近亲疏的排列顺序的，比如父母、子女、手足这种天生的血缘关系，是牢不可破的缘分，应该排在一个人生命中的第一位。其次是夫妻、恋人这种亲密的关系。再后面，才轮到朋友、同事、同学这些缘分。

这样依次轮下来，像克里奥和她的雇主一家的这种关系，可能是大多数人心中，最无足轻重的缘分了。

虽然说主仆一场，也不能说是完全没有感情，只是彼此都不是对方不可替代的人，所以没有人会那么重视。当我们的人生中有了麻烦、不方便、不堪重负的时候，最先被割舍掉的，也就是这种缘分。因为我们每个人好像从小就是接受这样的观念长大的，会花很大的精力去维护那些我们觉得重要的缘分，而舍弃一些没那么重要的缘分。

手一松，一个人就从你的生活中消失了，这个女用人有点麻烦，没关系，那就换一个。这个雇主遇到了些困难，那就再去下一个雇主家。

然而导演的母亲却不是这样选择的。当克里奥告诉索菲亚自己怀孕了的时候，她很担心自己会被解雇。其实即使索菲亚真的解雇了克里奥，也没有人会责怪她，毕竟她自己正经历着生活的巨变，丈夫和别人的女人私奔，她带着四个孩子一个老人，一大家子的生计问题压在她的肩上。然而，她依然没有丝毫的犹豫，马上去安慰克里奥，接纳她，照顾她，把帮助克里奥生下孩子当成自己应尽的责任。

是索菲亚的选择，把克里奥留在了自己的生活中，也正是这个选择，让克里奥后来冒着生命的危险，救了索菲亚的两个孩子。或者我们也可以说，是索菲亚自己更早的决定，最终救了自己的孩子。

一切都是命运。人和人之间的缘分，就是这样的奇妙。

这让我想起我自己的生活。

我小时候曾经刻骨铭心爱过的人终究离我而去，发誓要一辈子变老的好朋友各奔东西。我用好多年，去学会对这些人和人之间的情谊看淡一些，学习不挽留、不执着，学习放手，学习不说一句想念的话、不打一个电话，学习随时切割、随时斩断羁绊、一个人上路，人们说这就叫成长，仿佛这就是命运本来的样子。

久而久之，在现实生活中，我也就成了一个对人世间的羁绊不抱有任何期望的人。我不知道，是不是有人和我一样。

但也就是在最近这几年，因为遇到了一些人，被珍惜、被看到、被惦念，我开始渐渐地感觉，也许人和人之间还可以有别的选择。

我大学时候的闺密，当年和她男友一起去了深圳，因为各自生活的变化，我们彼此失去了联络。后来她回老家，去我原来住的地方找我，那时我已经搬家，她就从废弃的铁门下面钻进快要拆迁的大楼里，后来又兜兜转转地找到我的电话，这才联络上我。

我的一个美国朋友，当年在中国教书，后来他离开中国，我们失去联络，我也不以为意，这和我当年很多朋友回自己国家去一样，不过又是一段无疾而终的友情。可有一天我偶然打开许久不用的邮箱，发现他一直时不时地写信给我，说要来中国出差，希望可以一起吃饭。现在他和他的妻儿每次来中国，我们都要找机会小聚一下。

还有现在在北京的好朋友们，不知不觉在一起竟然已经有十几年了，前两天一起吃饭的时候，邦妮还说，大家有时间要多聚聚啊，人和人之间说不定什么时候就分离了。从前我听了这话，很无所谓，总觉得那几乎是一种必然的结果，现在却觉得，如果不放手，好好珍惜这缘分，说不定就真的一起走到老了。有时候也看个人的选择，也看命运的安排，谁知道呢。

毕竟一辈子还没过完，也许有一天，等我们垂垂老矣，环顾四周，发现有些人最后真的一直在，没有走。

大家内心可能都是有这样的主次之分的。觉得做恋人、做爱人的关系，一定比做朋友的关系更亲密、更牢固、更长久吧，要说这也对。不过再早几年，我还会对一段人际关系的性质有所执念，这些年，连这样的分别心都没有了。什么远了近了、亲了疏了的关系，世事无常，计划总没有变化快，相比这些远近亲疏，一段缘分到底是善缘还是孽缘，对我来说，反倒是更重要的。

这也是我非常喜欢《罗马》的一个重要原因，它在平淡日常的琐事中，慢慢地给我们展现了一段人与人之间的善缘的样子。

克里奥和索菲亚一家没有任何血缘关系，也没有浓烈的情爱关系，他们不是天选的亲人，却是自己选择的亲人。他们选择了在对方有困难时不放手，选择善良，选择相依为命。

相比我们人为定义的那些重要缘分，我想这样由上天安排的善缘，也许才是神明对我们真正的怜悯。因为如果神明真的会派天使来守候你的话，她可能是一个女用人的样子。

每一份善缘都是重要的，我不期望它一定会为我的将来做什么，但是只要我认出了一个善良可爱的朋友，认出了一份善缘，我就一定要尽我所能地去珍惜它。

如果能够一起走到人生的最后，固然很好，没有，也没关系。这些善缘都是我们人生中得到的祝福，你曾经好好地珍惜过它，这就足够了。

那些原生家庭不幸福的孩子，最后都成了魔鬼吗？

黎巴嫩电影《何以为家》的原名叫《迦百农》，看电影之前，我特地查了下“迦百农”的含义。资料里说，这是《圣经》中的一个地名，传说是耶稣被迫离开家乡后曾经停留过的一个地方，由于耶稣曾在此传道，这里出现过很多神迹。

另外这个词还有一个引申的意思：杂物堆积的地方。根据导演自己的说法，之所以取这个片名，是因为在文学领域里，有人曾用这个词来表示“混乱”。导演说，她只想表达一种混乱和失序，和那个带有宗教色彩的具体地名无关。

如果导演真的只是想记录底层生活的混乱和苦难的话，那么我只能说，这部电影是冥冥之中，有神明捉着导演的手拍摄出来的作品了。因为在整部电影中，始终有一道人性之光，透过小男孩赞恩的一举一动，照进黑暗中的观众心里。

许多人观影后说这部电影太悲苦了，而我被深深地震撼，则是因为电影所展示的人性，近乎神性。对我来说，这恰恰是这几年的影视作品中最让我感到治愈的一部，上一部治愈和抚慰我的，是韩剧《请回答 1988》。

生活在黎巴嫩贫民窟的赞恩，是一个早熟的 12 岁小男孩。他的故事，可以说是典型的豆瓣“父母皆祸害”小组里的故事，而且只会有过之无不及。赞恩出生在一个赤贫的家庭，他的父母没完没了地生孩子，把子女当牲口一样虐待，赞恩的妹妹刚满 11 岁，就被父母出卖给房东的儿子当童妻。

赞恩从来没上过学，在杂货铺帮工，父母对他非打则骂，但是这个早熟的男孩，极爱自己的妹妹。他发现妹妹来月经了，就偷偷地带她去洗干净，帮她偷卫生巾，嘱咐她不要让父母发现。可是小孩子怎么能斗得过大人呢，最后赞恩的妹妹还是被爸爸拖上摩托车送走，赞恩和母亲大吵一架后，离家出走，在外面过起了颠沛流离的生活。

这部将近两个小时的低成本电影，既没有什么大场面，又没有什么特别戏剧化的情节，但是在这整整两个小时里，观众的心却被小男孩赞恩紧紧地抓住，无时无刻不牵挂和担心着男孩的命运。

作为一个成年人，我看到他弱小的身躯在街头游荡，不知道他要往何处去，担心他下一个镜头就会被拐卖，或者被残害，我会希望电影里出现一个好心的大人来帮助他一下。然而善良的清洁女工的出现，却让这个愿望也落空了。这些挣扎在社会底层的善良的穷人，个个都是自身难保，没有能力帮助赞恩。

一切都只能靠赞恩自己，这个孩子就是一个奇迹，他聪明又机灵，能够想尽一切办法活下去，这已经很了不起了。但这些都是这类电影里可以被观众预想到的。真正令人没有想到的是，导演还让我们在这个贫穷的男孩身上看到一种高贵和尊严。

他是一个一生下来就被这个世界践踏和伤害的孩子，但当他看到比自己还弱小的儿童时，他却比那些大人还懂得什么叫作责任。

最让我对这个孩子打心里喜欢的是，他的内心世界不仅有善良和慈悲，更有反抗的勇气。保护妹妹时，他和父母作对；保护比自己弱小的小婴儿时，他坚守自己的良心；当他得知母亲又怀孕的时候，他愤怒地向法庭提起诉讼，要控告自己的父母，勇敢地向整个成人世界喊出自己的心声：

> 我要控诉父母生下我。我想让那些无法抚养孩子的父母，不要生下孩子。

面对大人的世界，他是无力与脆弱的，也是无奈的，但他并不是绝望的，他始终在反抗，他倔强的脸上没有惧色。甚至就连这句话，他都不是为了自己喊的，而是为了那些比自己更弱小的弟弟妹妹，为了母亲肚子里还没出生的孩子奋力地大喊。

一个12岁的孩子身上散发出的那种人格的魅力，竟然让我这个老阿姨产生了一种信赖和依赖之感。开始的时候，我总是希望谁来救救他，后来我慢慢明白了，他是来救我们的。

他被父母虐待，当童工，失去妹妹，流浪街头，如果他遇到坏人，受到勾引，成为贼，去偷、去抢、去骗，对人无情无义，对大人憎恨、怨怼，对比自己更弱小的孩子心狠手辣，我可能不会怪他。但是他并没有。

如果这个孩子走向犯罪，成为社会的毒瘤，甚至成为连环杀手，可能就是现如今最常见的那种自媒体喜欢的套路文章。每次有恶性犯罪出来，就狠挖罪犯的原生家庭是多么不幸，父母太溺爱、太冷漠、太控制，这些都变成了一个罪犯任意践踏别人的原因，仿佛他才是值得理解和同情的人，而受害者只是个无足轻重的倒霉蛋。

我真是烦透了这一套。感觉心理分析中对于原生家庭的解读被彻底地滥用了。难道那些原生家庭不幸福的孩子，最后就都成了魔鬼吗？

记得电视剧《犯罪心理》里有几集，讲一个天才连环杀手，当FBI最后抓住他的时候，他向人讲述自己悲伤的童年，审讯他的警官听完，淡淡地说："有一些你这样经历的人，长大会变成杀人犯。"他反问："有一些？"

警官回答："还有一些，成了抓你的人。"

混乱肮脏、令人绝望的迦百农，是可以孕育魔鬼的地方，却也是降临天使的、可以见证神明的地方。黑暗之中，能看得到的那一抹人性之光，仿佛一个奇迹。

从这个角度来说，这部电影是非常治愈的，《迦百农》这个电影名，对我来说，不仅仅意味着混乱、贫穷、绝望和苦难，它比这些更意味深长。

我并不觉得赞恩这样的孩子，长大后能够完全没有心理上的问题，他可能像我们大多数人一样，需要用一生去治愈自己的童年。但我也相信他将和这世上大多数人一样，带病生存，依然相信善良，依然希望自己会成为一个好人。

生活始终是不易的，成长一定是艰难的。但在我的心里，这世界，正因为有他这样的孩子存在，才让我觉得人间值得。

就像中岛美嘉在那首歌里唱到的那样：

曾经我也想过一了百了，是因为还没有遇见你，
像你这样的人存在于这世界上，让我稍微对这世界
有了些期待。

像你这样的孩子存在于这世界上，让我稍微对这世界有了些期待。

看到即慈悲，
被看到就是被抚慰

看完《比利·林恩的中场战事》一百二十帧回来，有人问我值得不值得去看，我才想起来，整个观影过程中我竟然完全没有思考过这个问题。只是完全进入了比利的世界，看他所看，思他所想。但这体会本身也许就是这个问题最好的答案，由于太进入情景，而完全没时间去考虑什么技术问题。主要是因为开演三分钟后我就开始鼻酸，我也为自己的多愁善感而感到不好意思，但是当比利回到家，和一家人一起吃饭时，家人吵了起来，妈妈突然拍桌子的一刹那，我看到比利被吓得一哆嗦，眼泪就忍不住流下来了，后面的戏基本也是哭着看完的。

为什么要哭呢？我想起有一次去绿妖老师的电台节目做嘉宾，我说有一次，我读到托尔斯泰的《安娜·卡列尼娜》里的一段。列文在彼得堡的市政厅遇到了另一个地主，两个地主自然地聊起天来。读着读着，我的眼泪就落下来了。绿妖老师很纳

罕，说你为什么要哭？我想了想说，大概是因为那段平平常常的对话，充满了对人生的无奈和艰难的理解，是平常人看不到，也体会不到的心灵深处的痛苦吧。可是托尔斯泰看到了，记在心里，写了出来。我当时觉得托尔斯泰连地主都能懂得，大概也一定会懂得我吧。

看电影也是这样，镜头就是导演的目光，只有心里有你的人，眼睛里才能看到你。一个导演是什么样的人，决定了他自己能看到什么，也进一步决定了能让观众看到什么。

看《比利·林恩的中场战事》的时候，我感受到了李安导演的目光，我们这些小小心灵的世界，我们心中那些不可言说也根本说不清楚的尴尬、痛苦、为难、困惑，他真的全都看得到，也全都懂。于是，我不仅随着他看到了比利的内心，也感觉自己的内心被他看到了，我所有说不出的委屈和为难，不用一言一语，他全都懂得，这目光太温柔，于是我哭得像个孩子。

小小士兵比利·林恩的故事并不复杂，所谓“战争创伤”这种理论性的名词，我们也都听说过，但是恐怕没人能做到真正地感同身受。

比利从遥远的故国，回到自己的家乡，他从前是一个不引人注目的邻家大男孩，性格内向、内心孤独，现在却成了整个美国家喻户晓的英雄。他终于被人看见了，人人都知道他的名字，可他的孤独没有消失，反而膨胀起来，变成了和他的名气一样大的东西。荣誉、爱情、赞扬、金钱……在短短的几个小时之内一一出现在他的生活里，但是他却感到越来越孤独，越来越不被人理解。人们看到他站在眼前，人人觉得自己懂他，他们赞扬他、评价他、定义他，人人觉得自己能看到他，其实没有人看得到，他的悲伤因为这注目反倒变得更巨大。用他自己的话来讲，人们在赞扬你生命中最惨的一天，那感觉真是……

看到即慈悲，被看到就是被抚慰。看到很不易，同床共枕的夫妻，深爱着彼此的父母与子女，几乎每天在一起的同学、朋友和同事……多少每天都能遇见的人，却彼此看不到。我们每天都生活在人群之中，四周都是明眼的人，但内心却无比孤独，因为没有人看得见我们的心。

但是话说回来，这样的抚慰、这样的慈悲，也不是每个人都能体会得到的。作为观众，若自己无法敞开心扉，自然也感受不到来自导演注视的目光。

说回到文章开头提到的那个关于一百二十帧的问题，这样一个故事到底值得不值得去拍一部一百二十帧的电影？

我的答案是：值得！

未来我们将会有很多机会，看到很多探索宇宙的大电影用一百二十帧去拍摄。但是把一个普通人的小小内心世界，看得和整个宇宙一样重要，认为我们每个人都值得用这样的方式被关注到的，也许只有李安一个人了。这样的电影，也许在今后很长一段时间内，也只有这一部了。

士兵比利·林恩最后做出了他的选择，在和姐姐告别的时候，他说自己可能到死都是个处男了。这一天对于他来说，其实是一生中十分重要的时刻，也是文学里常提到的一个精神顿悟的时刻。这个小故事像极了乔伊斯的小说，在故事的最开始，作为一个旁观者，我是希望比利能留下来的。

这不应该是自然而然的事吗？他是战斗英雄，有足够正当的理由离开部队。他的姐姐疼爱他，拼命地劝他留下来，他在这一天新认识了一个姑娘，他们也许能发展一段美好的爱情，他可以把自己的故事卖给好莱坞换一笔钱，他的社会形象让他找到一份体面的工作不是难事，而最重要的是，他本来也不是一个家国观念特别深重的男孩，在经历了这么多之后，他早已深知这场战争是虚无的。

那么，他为什么要选择回到战争中去呢？

因为他的孤独太巨大了，他的悲伤也太大了，好像房间里的大象，已经大到他身边的人都看不到。姐姐以为他是出了心理问题，给他找了心理医生，可心理医生能帮他什么呢？萨特说，他人即地狱。对于比利·林恩来说，如果不是还有他亲爱的战友陪伴在他身边，和他一起承担这样巨大的孤独，那么这一天对他来说，就可以说是一个由所有赞扬他、关注他却不懂得他的人组成的一个巨大的地狱。

所以，在电影的最后，他选择回到他的队友身边，回到战争中去，那不是什么为了荣誉或者是为了国家做出的选择。那是他，一个求生的人，唯一能做出的选择。

因为在这个世界上，祖国已不是他的家，伊拉克更不可能是，此时的比利能做到的决定，可能只是回到那辆装甲车上，回到他的队伍中去。只有这样，一个叫比利·林恩的士兵的内心，才能感到自己与这个世界真正的联结，才能觉得自己真正被看见和被懂得。

虽然队伍里的小伙子们都不太会说话，但也只有这样彼此珍惜着、相依为命地走下去了吧。这是孤独的少年在茫茫大海上能看到的唯一的一点光亮，他只能尽力地游过去。是啊，我们总是会不顾一切地去抓住人世间这一点点仅存的光亮和温暖，因为我们不仅孤独，而且脆弱啊。

也许有一天，比利·林恩会活着回到故乡，但是他恐怕也知道，此刻这一走，告别家乡父老，告别原来的生活，以后万水千山，那个从前的比利，恐怕就再也回不来了。也许，从他当兵的第一天，他就已经回不来了，再往前推的话，也许从他姐姐出车祸的那一天，就会有今天的结果。他的队长对他说，这就叫命运。多么让人唏嘘啊，人生的很多时候，当抉择权摆在你的面前，你以为这回终于可以选择自己的命运了，结果很多年才明白，自己只是再一次被命运选择。

纵使一切重来，再给你一百次机会，在当年、当时的情况之下，你还是会做出同样的选择。尽管事情过后你也许会后悔，也许觉得自己再来一次，一定会选择另一个答案，一定会选择留下来，但其实你并不会。再重复一百次，你在那个时刻，还是会选择离开，这就是命运。

在电影的最后，比利懂了，也接受了，所以他走了，这和爱国无关，和反战无关，只和一个叫作比利·林恩的小小士兵的命运有关。作为一个普通的观众，开始时我和比利的姐姐一样希望他留下，电影结束时我理解了他的选择，因为我看到了，我自己也被看到了，这就可以了。

一只特立独行的文艺女青年

一只特立独行的文艺女青年

我在地震之前看完《立春》，本来想闲扯几句，结果地震就来了，所有人的注意力都转移到这个大事件上去。QQ群里，每天狂轰滥炸的是各种大道消息、小道消息，眼泪、愤怒、悲伤、惊恐、怀疑，诸如此类的人类情感在2008年的这个春天让我们挨个体会了个遍。

当把国家大事关心到精疲力竭的时候，我在QQ群里问了一句："谁看过《立春》了？"结果出来回答的只有一个女孩，她说，"这电影拍得好造孽啊"，用四川话来说，就是很惨兮兮的意思。我说我怎么看着那么乐呢，一直笑个不停。女孩顿时好像遇到了一个怪物一样，疑惑道："也许，我们说的不是一个电影。我看的是蒋雯丽演的那个，叫《立春》。"于是我说："我也是。"

其实我并不感到意外，因为我看完电影到网上扫了一眼评论，就发现到处是为文艺女青年唱挽歌的，很多人在为自己曾经的梦想而哀号，人们纷纷互相警告说不要太理想主义。这让我想起很多年前看的王小波先生那篇有名的杂文《一只特立独行的猪》。很多人曾表示非常喜欢、钦佩加欣赏那位猪兄，作为一只猪，它没有安分守己地尽自己吃了睡、睡了吃的猪的本分，它乱搞男女关系，天天趴在墙头当文艺青年鬼叫，甚至学汽笛声，扰乱革命生产，这种种的恶劣行径，都得到了我们的喜爱。

但是如果你看一看《立春》的很多评论以及后面的跟帖，就会发现，人们之所以能够接受它，实在是因为我们是“高高在上”的人类，而它是只猪。但是很显然，其他的猪并不是这么想的。

2008年的春天刚刚来临的时候，因为帮一个杂志给我的朋友王鹤做专访，她是一个插画师，我问她，在她心里艺术到底是什么。她说：“艺术就是我们自己哄着自己活下去的东西，你坐在这里，因为有了艺术，你就有了一种能力，你看到的世界就和别人不一样了，于是你的生活里，就不再有特别不好的事了。因为你有魔力了。所以，别说搞艺术多么不容易，你怎么能说不容易呢，你应该说，搞艺术是一件特别棒的事儿。”

后来我把这番话讲给了一个年长的朋友听，朋友说，这就叫救赎。

对于大多数人来说，艺术是什么呢？艺术就是成为梵高，成为雷诺阿，你的一幅画卖上多少钱；如果你是唱歌的，那就是成为帕瓦罗蒂，你开一场演唱会有多少世界名流来捧场，能赚多少出场费……

我想这就是为什么很多人会觉得王彩玲特别惨的缘故，对于大多数的人来说，如果你画画成不了梵高，唱歌成不了帕瓦罗蒂，那么追求艺术就是一种奢侈，像王彩玲这样的文艺女青年们最后也只能是自己害了自己。但在我看来，这叫成功，不叫艺术，这也是我从来不觉得王彩玲特别惨的缘故，哪怕她穿上自制的珠光绸演出服爬到高塔上蹦下来，我也只是没心没肺地笑出了声而已。因为如果一个人的歌声，曾经在春天里的某个下午响彻整个城市的大小街道的话，那么她的人生至少曾经活得不那么差劲，这与她成功与否无关。

可能在很多人的眼里，她一辈子丑陋，没有结婚，也没有人爱，但这是她自己选择的生活，而不是任何人劝导下的人生。所谓自由，有时候并不只是你想干什么就干什么，有时候还是，你不想干什么的时候，就不去干什么。

为什么要违心地嫁给一个人品不端、连自己都鄙视的男人呢？为什么要嫁给一个同性恋者？看到很多人说王彩玲嫁不出去，其实这只是他们的选择性失明而已，电影中王彩玲曾经两次被男人很明确地求婚，其实早就说明了一个一直被人们有意忽视的常识——好的婚姻真的很难，但是想要结婚却从来都不难。难的只是你的心要服从他人还是要坚持自己，王彩玲显然是选择了后者。

在很多人眼中，这是她不切实际的地方，多少人都无法理解，女人条件这么不好，还不现实点，赶紧找个男人过日子，换得个长期饭票，互相依赖，省却了邻里街坊的闲言碎语，还瞎折腾个啥。关起门来，无非是给男人洗衣做饭，吵架拌嘴，分开双腿让老公上而已。对于很多女人来讲，没爱情的婚姻也没什么不能接受的，即便不爱，她们还可以看报纸，想着晚上的电视剧，或者假装性高潮哼哼几句好让一切赶紧结束，这就是人们所说的现实。

有了婚姻这块遮羞布，无论你过得好坏，你走在人群中，会得到人们的认同，因为你和大家都一样了，你是规矩之内的，是一个安全的因子，闲暇的时候，你也可以和姐妹们聊天，说说自己曾经有过的艺术梦，感慨一下自己不切实际的青春。

但是王彩玲这个丑女人显然很难搞，当圈养的猪无聊地伤春悲秋的时候，她却不管不顾地在搞特立独行。我相信这就是她的本性，她过不了心里的这道槛，就按照自己的意思那么任性妄为地生活下去，一辈子都自己想怎么折腾就怎么折腾，成不成功且不谈。

人家比你年轻、比你漂亮的小媳妇都老老实实地守规矩，你一个老丑女人，凭什么有梦想？于是，这只特立独行却没有逃脱成功的猪，在其他猪的眼里便成了可怜的角色，必须往死里可怜她，把她所有的不幸都归罪于她那自不量力的艺术梦，以作为警告那些王彩玲同类们的样板。看吧，这一切都是她咎由自取，就好像如果她老老实实嫁人，就会得到怎样的幸福一样。可是他们都忘记了，他们自己常说的那句话：

人生不如意，十有八九。

是的，十有八九，特立独行的人生和循规蹈矩的人生其实一样十有八九，悲欢离合，生老病死，难道这个世界上有什么规矩是万全灵丹？你老老实实地照做了，你妥协了，你现实了，就保你一辈子高枕无忧？上帝又不是卖猪肉的，可以如此讨价还价。其实谁比谁的人生好多少？谁又有资格来同情谁的人生、批评谁的人生？

我想如果一个人，她按照自己的意愿做了自己想做的选择，没有成为自己不想成为的人，做自己不想做的事；她能够干干净净、善良地活着，能够诚实本然地面对自己，这样的人生也许不算多么光辉灿烂，但也未必就比你的、我的人生更糟糕。

她没有从那个小县城突围成功来到北京，但也没有像县城里其他两大文艺青年那样低头。在猪圈里做一只特立独行的猪，我想这是一件挺需要勇气的事。但她就是这么坚持下来，没有被人民群众就此废掉，活到最后，还活得有那么点个性，在我看来，这就是件很了不起的事情。

我已经40岁了，除了这只猪，还没见过谁敢于如此无视对生活的设置。相反，我倒见过很多想要设置别人生活的人，还有对被设置的生活安之若素的人。因为这个缘故，我一直怀念这只特立独行的猪。

——王小波

2008年的春天，我在北京，在循规蹈矩地度过了一段人生之后，发现世事无常，怕也没有用。于是终于决定面对自己，离开了故乡，来到这里，和另外许多只突围成功的猪会合。我们在这个城市闲逛、玩耍、晒太阳，我们虽然未必成为伟大的梵高，但也相亲相爱，不愁吃喝。

小波先生，如果你泉下有知，当会看到，虽然这个世界有些事情没变，但是有些事情还是变了的。文艺青年们现在都在直奔文艺老年，大家过得都很好。有快乐也有痛苦，但最重要的是，大家都没有把自己最喜欢的东西扔掉。我在兜兜转转了一圈之后，终于明白，艺术是让你真正了解世界和与世界和解的方法，不是违心地服从，也不是倔强地死磕。所以，我很庆幸我没有放弃自己的梦想，也正因为如此，这人生，总的来说还是挺美好的。希望你也一切都好。

女人要有女朋友

2008 年，《欲望都市》出了电影版，我在看过电影后，就连同它和之前六季的电视剧集一起装到了贴着“经典”的标签的盒子里，放到我的记忆里封存了。也许对很多《欲望都市》观众来说，“经典”这两个字有很多不同的含义，对性的坦白、对时尚的解读等，但对于我来说，它之所以算作经典的一个重要原因，是它用整整六年的时间去做了一件事，这件事就是对女性友谊的非常正面的描写。

在此之前，我们看到过很多故事里描述男人之间出生入死的兄弟情谊，它们为男人世界互相交往提供了很多范本，但是对于女人该如何经营属于自己的友情，却从来没有人提及，我想这也许是这么多年来，大多数的人在内心深处就认为女人不需要女朋友的缘故。

女人需要女朋友吗？ 20 岁的时候，我自己的答案也是无所谓，那时候我有一大帮的哥们，大家整天混在一起，感情十分好，总以为日子会这样一直互相陪伴着走下去。但是慢慢地等大家都开始面对社会，开始谈恋爱、成家立业了，这群朋友就各自作鸟兽散了。

你的男朋友未见得容得下你的男性朋友，你男性朋友的女朋友也未必容得下你，君子淡淡的交往当然是没有问题，但是有一天，你会发现，当你真的有事的时候，你翻遍身边所有哥们的电话，他们不是有家，就是有事，要么就是不方便，你不好意思给他们打电话。就连那曾经说好一辈子不结婚、老了互相照顾的死党，也忙着在泡妞。

这些还是少年时候的朋友，还算好的，那时候你单纯，男孩子们也很纯。再说成年以后遇到的男人，则要么是泛泛之交淡如水，要么是在某个集体里大家一起热闹，对方有家有女友的，你要懂得保持距离，单身的太过亲密就终究会纠结到要不要上床这个问题上去。异性之间还想要交纯粹的亲密朋友基本是不可能的事。如果想要靠玩暧昧来保持友谊也让人心累。

当然，有的女人会说，我只要有老公，有孩子就足够了。但是，恕我直言，男人和女人真的是来自不同星球的两种生物体，他们使用着不同的语言，因为大家身体构造本来就不同，所以思维方式也不一样。从理论上来讲，你是无法真的让男人了解一个女人在做爱的时候是什么感觉的，也不可能让他懂得怀孕的女人为什么会这么焦虑、大姨妈驾到为什么会这么暴躁，你也不能让他懂得你对衰老的恐惧，更别提看到一双鞋子就魂牵梦绕。

如果你足够幸运，碰到一个好男人，他会试着理解你、体谅你，但是，你怎么知道你会足够幸运呢？

我会想，是不是因为我们从小看到太多男性友谊的经典范本，所以才让很多的女孩子，从小对和男人做朋友如此向往，而对女性之间的友谊如此不信任、不屑一顾呢？看《欲望都市》至少让我纠正对友谊的观念，谁说逛街、吃饭、喝茶聊天、互相陪伴就不是真正的友情？和平年代，哪有那么多出生入死的事儿，再说了，就算是男人之间，为了金钱、权力、利益等，甚至为了芝麻绿豆大的小破事就撕破脸也是屡见不鲜。所以说，真正的友情难能可贵，从这一点上来讲，男女都如是。

我们的周围，总是有很多的书籍、电影、杂志和我们探讨两性的话题，教女人们如何去欣赏男人、理解男人，但是作为女人，如何去欣赏女人、爱女人，却从来没有人教过我们。

我喜欢《欲望都市》中的每一个女人，因为她们内心真正强大、有力量，所以才会对朋友抱有如此宽容和欣赏之心。也因为她们每个人都懂得自己是谁，相信自己的魅力，她们的内心都是骄傲的，因此从来不会争风吃醋，也不对谁妄加道德指责。不对朋友要求太多，但却懂得欣赏，给朋友真心的赞扬和帮助。所以，尽管她们的爱情经常会失败，但是这份友谊，她们实在是经营得成功，甚至堪称完美。

这个世界上有很多男人，他们并不会陪着你一起变老，他们只是忍受你变老，等大家一起老掉的时候，他们还有机会，可以去找他们心中的洛丽塔，而真正陪你变老的，是你的女朋友。

当《欲望都市》中的女人们再次出现在电影里的时候，十年已经过去了，有的人在嘲笑她们40岁了还穿得花枝招展，还在谈论什么是真爱。我倒觉得，这样很好，因为她们对我来说，每一个都是老朋友，十年来，她们陪着我一起变老。而这个电影版的大结局，就像一次老朋友的聚会，她们依然可爱，依然让我觉得充满力量，虽然皱纹爬上了她们的脸，但我不在乎，哪有朋友嫌弃朋友老的，不然要朋友干吗？

要记得，有一天，当你40岁的时候，当年轻时候的狂蜂浪蝶都离你而去的时候，当你遇到一个烂男人的时候，只有你的朋友，才会把她们同样瘦弱的肩膀借给你依靠，才会挡在你的面前，对着那个男人大声地喊“NO!NO!”；只有你真心的朋友，才会不管多晚，都接你的电话，听你哭诉，横穿半个纽约城来陪你过圣诞；只有你真心的朋友，才会不嫌弃你到了40岁还没有找到真爱，才会告诉你，50岁的你依然可爱，她们为你感到骄傲。

爱情很重要，但是友情同样重要，它也同样需要经营。在爱情里，在婚姻的生活中，你还是不是你自己，这里面有一个最简单的衡量的方法，就是问问自己，你还有没有属于自己的女朋友。不是同事，不是孩子同学的家长，不是男朋友或者老公的朋友，而是你的朋友，当你和她们在一起的时候，你只是你自己，不是任何人的妻子、母亲。

男人们总是希望你把全部都奉献给他，每个爱情都希望能是一辈子的事，但是，如果，我是说如果，有一天，这爱情若被抽离掉，恐怕陪你收拾这房倒屋塌的残局的，还是你的老朋友。

在电影结束时，我才知道萨曼莎原来已经有50岁了。姑娘们围坐桌前（请原谅，我就喜欢把我喜欢的女人叫姑娘）给萨曼莎过生日的场景，让我感动。还有下一个50岁的生日，下一个，下一个……

这也让我想起我的女朋友们，她们诙谐幽默，有温暖的内心和坚忍的力量，有宽容也有自我。我常常觉得，她们的友谊，仿佛黑暗之中微弱的火把，照亮着我的黑暗。我的人生并不完美，但是至少在这方面，我觉得自己很幸运，有幸和这么出色的女子相识，成为朋友，是上天给我的满目疮痍的人生，一个个额外的礼物。

我希望，当她们50岁的时候，我也有机会祝她们生日快乐，我还想对她们说：

> 我认识你，永远记得你。那时候，你还很年轻，人人都说你美，现在，我是特地来告诉你，对我来说，我觉得现在你比年轻的时候更美，那时你是年轻女人，与你那时的面貌相比，我更爱你现在备受摧残的面容。
>
> ——玛格丽特·杜拉斯《情人》

读书的女人危险

法国电影《刺猬的优雅》，讲的是发生在一个爱思考的小女孩和一个爱看书的女门房之间的故事。在看这部电影的时候，我一直想起最近在杂志上看到的两个话题，一是说读书的女人危险，一是说写作的女人危险。因此这部电影看得我心有戚戚焉。作为一个中国女人，如果你两样又偏偏都占全了的话，那么你会经常听到“女子无才便是德”“女人读太多书，男人都不敢要了”之类的教训。

有时候我会情不自禁地想，也许这只是我们这个国家落后的观念，别的地方不会像我们这样。但是看了《刺猬的优雅》之后，我只好说，天下之大，有些事情并没有太大的区别，即使自由、平等、博爱如法兰西，读书和聪明，也被看成是一件应该符合身份和年龄的事。

就好像 12 岁的芭洛玛，大人们不喜欢这样的孩子，因为她太聪明，总爱瞎说大实话，问大人们想逃避的问题。假如她的天分是像其他小姑娘一样弹奏乐器，哪怕是翻跟头都好一些，可是她的天才之处却偏偏是有思想，以至于她那位神经质的妈妈甚至想把她送到心理医生那里，去检查一下她脑壳里是不是出了什么问题。这位妈妈对于自己成天神经兮兮地和树说话，大把大把地吃抗抑郁的药却丝毫不以为意。

芭洛玛也同样不喜欢这个大人的世界。她说她不想生活在玻璃鱼缸里，于是她决定在13岁生日那天自杀。幸运的是，在13岁到来之前，她遇到了门房荷妮。

与12岁锋芒毕露的芭洛玛相比，50岁的荷妮显然已经被生活教会了如何安全地生活。在大厦里高贵的太太先生们眼中，她是一个不存在的人，除了被贴上“女门房”的标签，甚至没有人会认出她的脸。但是在她自我的世界里，她为自己建造了一间书房，她会一边喝红茶、吃黑巧克力，一边读谷崎润一郎的书，偷偷地在伟大的书的世界里，让自己的灵魂自由放飞。当然这一切，都被她深深地藏在人们看不到的地方。

我看到她小心翼翼地伪装成一个目不识丁的粗俗的女人，觉得有点让人感到心酸。为什么一个女门房读书，会成为这么见不得人的事？但是转念又一想，这也许已经是她能得到的最好的生活了。在太太先生们看来，一个女门房，为什么不像其他的女门房那样生活呢，就算是守了寡，就算是又老又丑，也可以随便找个什么人搭伙过日子嘛，生几个孩子，干干家务活，伺候一下丈夫，这才是女门房该干的事。为什么非要读《安娜·卡列尼娜》呢？

荷妮对人们的想法洞察至深，所以她说："人们看到一个女门房看书就会感到害怕，觉得她们会惹是生非。"

有时候这个世界就是这样的，本来我们喜欢读书写字的人，都是很安静的人，不会像大排档的摊贩，拿最大声音放音乐，去扰乱他人的生活，却依然要被别人指指戳戳，说我们这样的女人太危险。

这其实是因为，这个世界上有很多人，他们可以甚至不知道你是谁，就觉得有权利要求你按照你的身份去生活在你的鱼缸里。而那些不肯生活在鱼缸里，不尽职尽责地扮演自己被指定的各种身份的人是注定要成为异类的。你苦闷地待在你的鱼缸里的时候，没有人会在乎的你的苦闷，但是一旦你想跳出来，你就走得太远了，你越界了。

有这种思想的人其实在任何的阶级、国度都是大有人在。所以有些观众在看到这电影之后会评价这电影和这个女门房太装了。因为他们和电影里那些先生太太们一样，认为看书、吃黑巧克力、喝茶是不属于女门房的。

你看，这就是世俗的看法，我想荷妮一定是经受了太多的嘲讽和怀疑，所以才决定给自己挖一个通往世界以外的洞。这个洞最终被两个人发现了，一个是 13 岁的女孩芭洛玛，一个是新搬来的住户小津先生。

无所谓爱情，如果电影让小津先生渐渐地开始和荷妮做起朋友来，那不是因为想要构架一个白马王子救公主的童话故事，而是还想给看故事的人留一点点希望——也许这个世界上，还是有什么人，不是把你当成一个女门房，而是把你当成一个人来看待的。

在电影的结尾，芭洛玛重新做出了活下去的决定，我们有理由相信，她将来很可能会长成世俗眼中既读书又写作的“危险”的女人，但她会勇敢地选择做她自己。

至于荷妮夫人，弗吉尼亚·伍尔夫说过，女人想读书写作，所需要的无非是一点固定的收入和一间属于自己的房间，这两点，身为女门房的荷妮都靠自己的劳动和勤俭的生活做到了。她给了她自己人生的意义，没有依赖于任何人，这也是一种幸福。而我想说的是，她只是一个读了很多书的普通的女门房，她超越了自己的生活，并一生善良，从未伤害过任何人。

永别了，愤青

不知道有多少人跟我一样，看《八英里》的动机纯属好奇，因为在此之前，我对于埃米纳姆在美国的走红非常感兴趣，宣传里又说这部电影等于埃米纳姆的半自传性质的电影，想想可能里面讲述着所谓的说唱精神，于是就买来看了。

电影并未如我想象的那样神奇，除了中规中矩的好莱坞式的讲故事的方法，对说唱的解说和表达也未见得有什么更加精辟的东西，但必须承认的是，里面的每个人都很酷，不管他们是真酷还是假酷，至少每个人都在嘲笑着一切，男孩子们开着一辆破车四处游荡，他们满嘴脏话，走路的姿势也是一副我很穷可是我很屌的样子。

当然，里面最不酷的要数埃米纳姆，在头一次的对骂阵仗中，他就被人骂得哑口无言。他和女朋友分了手，没了车也没了房子住，只好去老妈的拖车里借宿。去工厂，工头又怎么都看他不顺眼。他是他所有朋友中最不酷的人，但是没关系，我们都知道，不久的将来，他会变得比谁都酷。

在网上看影评，很多年轻人都说喜欢这部电影，并且认为它很酷。虽然我也能理解大家所谓的酷是指什么，但是如果我没有看到最后那场比赛中埃米纳姆把话筒扔掉的一瞬间，没有告诉大家“谁输谁赢我他妈的根本不在乎、我不在乎这场比赛”，没有在走出赛场的时候跟他的那群哥们告别，坦坦荡荡地说“我要回工厂去上晚班”，我就不会认为这个叫作埃米纳姆的孩子真的很酷。

这让我想起了好久以前看的另一部电影《猜火车》，在看完《八英里》之后，我又把《猜火车》翻出来看了一遍，仿佛要彻底重温一下青春的愤怒，也重温一下某一个清晨或者某一个夜晚，你突然从一场大梦中醒来、挥刀斩断过去的那一瞬。那一瞬，伊万·麦克雷格的笑容，纯真而灿烂。那一瞬，埃米纳姆离去的背影格外坚定。

白人的高尚住宅区和黑人的贫民窟相差只有八英里，天堂和地狱之间却有一道鸿沟，有的人一生也无法超越。埃米纳姆问他的伙伴，我们为什么要不停地说“fuck”？电影中这个以黑人方式成长起来的白人男孩正在开始真正反思他走过的人生之路。

在泥沼中生存并不是一件可怕的事情，可怕的是你从来不知道你已经变身为一只老鼠，而为自己找各种理由，继续如此活下去。你不知道你身上带着枷锁，你以为你吸毒、用海洛因去麻醉自己，就可以看不到这个生命中沉重的空虚，你以为你不去追求一切物质的东西、咒骂所有你看不惯的东西，就能够得到解脱，就可以得到自由。但事实是，你却是这个世界上最不自由的一个。

我们为什么总是在说“fuck”？埃米纳姆的伙伴回答不了这个问题，也觉得这个问题十分无聊，于是就继续去过他们的日子，混在著名的黑人区，吹牛、嘲笑一切，有无数的梦想，却从不开始真正地干事。

每个曾经愤怒的青年都曾经有这样的一帮铁血朋友。对于麦克雷格所扮演的马克来说，他的朋友翻来覆去就是那么几个，他们处在一起不是因为爱，而是因为他们同样是混蛋，是因为他们聚在一起的时候会感到自己并不是那么渺小和卑微，不会觉得生命那么无聊。

我们读过多少歌颂青春伟大、友谊万岁的文字？我们曾经被教育过多少次，无论怎样，不背叛和离弃朋友是一种美德？但是时过境迁，我们知道我们在书本上看到的那被粉饰的青春不过是满纸的谎话，我们的朋友曾经嘲笑过我们，曾经和我们竞争，不断地惹麻烦来让我们收拾残局，他们要么是找你唠唠叨叨，把他自己的事情反复说上一百遍，要么在你开枪伤到自己的时候还要把你的事情当笑料四处传唱，要么是自私自利地把你的电视机卖掉换炸鸡吃。他们和你一样对这个世界充满了愤怒，但是他们除了愤怒和咒骂以外，什么也不做。

一切都在于选择，我们在学习真诚的时候，也在学习背叛，一个人如果永远不能背叛自己，那么他就永远不会有明天，他就只能活在过去。

我常常在我的身边、在网上看到这样的人，他们有满腔的怒火，他们有的人已经老了，但是他们除了抱怨和咒骂，一无所获。我想这就是埃米纳姆的朋友，也是麦克雷格的朋友，无论他们咒骂的姿势是多么神气，他们表现出来的样子是多么不屑于世俗的禁锢，但实际上，扒了愤怒的这层皮囊，他们中的很多人，一无是处。如果他们还年轻，那么他们还有本钱，咒骂的姿势至少还可以好看一些，而等到他们老了的时候，他们肥胖的肚腩就再也掩饰不住，他们的骨子里是个失败者。

愤怒依旧在，但我选择冷静，我想这就是埃米纳姆最后想要表达的自己。他依然对这个社会不满，依然想骂就骂，但是他不再拒绝去加夜班。当工头问，你怎么在工作的时候泡妞。他会说，我保证下次这种事情不会再发生。毕竟，愤怒不可能换来白花花的美元来让他出唱片，要想得到梦想，就只有努力。

做一个清醒者，冷冷地旁观这个世界，向世界索取自己想要的东西，做自己想要做的事，成为自己想要成为的人，该抓住的抓住，该舍弃的舍弃，该背叛的时候背叛，我想这才是真正的够酷。

也许正因为这样，马克才在最后选择彻底地背叛他的那些朋友，他要过自己想要的生活，就要踢开这些绊脚石。这样做也许真的不厚道，但是正如他所说的，他本来就是个混蛋。只是那个早晨，他突然决定，不再愤怒。

我会像你一样，选择工作，选择职业，选择家庭。选择他妈的一个大电视。选择洗衣机，汽车，镭射唱机，电动开罐机，健康，低胆固醇，牙医保险，按揭，买楼，休闲装，皮箱，三件套西装，DIY，看电视，吃垃圾食品，生孩子，逛公园，朝九晚五，打高尔夫，洗车子，穿运动衬衫，过圣诞节，领养老金，有免税额，通下水道，改邪归正，安居乐业，等待归天。

——《猜火车》

科学不能拯救的孤独

作为一个文科出身兼做文字工作的人，科学家是我很少接触的一群人，虽然身边时时会遇到一些改了行的理工科生，但他们如今大多做了商人、公务员、高级白领等，早就不会战斗在科研的第一线，不会去野外风餐露宿地考察，也不会埋头在实验室里通宵苦熬。

我们通常会在某个饭局有交集。每每谈到一些事，就会发现他们总是特别强调理性和逻辑，有时候会取笑我们“你文科生吧”，开始的时候总是觉得这很烦人，但是烦着烦着也就习惯了，即便会心里暗暗不喜欢，也只是一笑了之。

但是遇到的总是这一类人（其实是因为和第一线的科学家圈子真的很难有交集），搞得我也曾一度对理工科学生、科学家抱有偏见，认为他们都是铁板一块，内心坚硬如石，不解风情、不通文艺、不懂生活，也没有幽默感的一群人，只长着化学元素脑袋或者力学脑袋什么的。

直到后来看了沃纳·赫尔佐格的《在世界尽头相遇》，老赫扛着摄影机，操着他那一口舌头都伸不直的英语去采访了南极站的一群科学家，也采访了那个世界里的北极熊、海豹和企鹅，我才发现原来是自己误会了。

文学和艺术有时并不是创造，而是做了翻译的工作，把神的语言翻译给众人听，把这群人的生活展示给另外一群人，让人和人之间互相沟通。我觉得这是一部好作品必不可少的优点，每当看完这样的作品，就觉得对这个世界、对他人又多了一份了解和懂得。这不是一件容易的事，但赫尔佐格在这部纪录片里做到了。

在电影的最初，我有点担心听到一群“geek（极客）”没完没了地谈论科学理论、技术发明之类的东西，也怕看到饭桌上那些改了行的前理工科男生的那种莫名其妙的优越感。我想如果是那样的话，我就会毫不犹豫地关上电视。我选择看这部电影完全是出于对赫尔佐格的信任。事实上，当电影进行了十分钟后，我知道我的信任是对的。

通过艺术家的眼睛，赫尔佐格给我们展现了一群我从不了解的科学工作者，他们不是《生活大爆炸》里的天才男孩，那些男孩很可爱，但是那些形象其实塑造得很脸谱化，对科学家的理解过于简单浅薄。而这群真正的科学家，他们是和我们一样的人，他们单纯、爱冒险、爱好文学和艺术、相信上帝和神灵，内心也和我们一样体会着深沉的欢乐和痛苦。

那个从美国来的开挖掘车的哥们儿，他原来每天在卡罗莱纳州一家银行里上班，有一天他突然觉得自己应该有所改变，就跑去危地马拉帮助当地人，结果当地的土著人认为他偷孩子，有六个人拿着弯刀追着他要跟他谈一谈，后来他被抓住，送到法官那里，法官是一个14岁的男孩，因为只有他会说西班牙语，后来他被释放了，来到了这里。

那个女程序员，和伙伴在乌干达被军队劫持，他们逃跑到码头，渡轮爆炸，八百多人死亡，他们在沙漠里走了五天，卡车陷在沙子里，他们用吃饭的碟子把卡车的轮子挖出来。她打过一次疟疾，被一群愤怒的大象追着跑，蹚过爬满舌蝇的沼泽，遇到过一场内战，被醉醺醺的俄罗斯飞行员救了出来。她经历了这一切后来到南极，在聚会时就给大家表演怎么钻到一个旅行袋里，被人拎着就可以走。她的故事永远也讲不完，脸上带着一副淡定的不在乎的表情，我在想她为什么会成为这样的她，她在追寻什么才使她选择了这样的生活，答案可能她自己也不知道。

在南极站中微子项目的机舱，赫尔佐格见到了这个项目的负责人——来自夏威夷大学的格汉姆博士，在他给老赫讲解完什么叫作中微子后，老赫发现发射升天的探测器外面画了一位夏威夷女神的画像，旁边用夏威夷语写了咒语，仿佛在召唤着幽灵。

“作为物理学家，尽管我能在计算上和知识上理解它的原理，但仍让我感到震撼的是，在我们周围有一种东西，几乎像幽灵或上帝，我无法触摸，但可以测量，好像测量神秘的世界……”格汉姆博士说。

那一刻，我体会到一个真正站在世界尽头、与神靠近的人，才会有的一颗谦卑之心。世界无限之大，地球如此神秘，也许越是接近神的人才越会体会到自己的渺小。未知无限，有识是如此可笑和微不足道，只有这样的人才能体会到那种痛苦、虚妄和孤独的困惑，即使埋头于科学探索，也并不能将人类完全从这巨大的孤独中拯救，也许爱因斯坦和牛顿以及很多科学家最终皈依了宗教，正是因为如此吧。

我从何处来，要往何处去……如果人生的结局终究是死亡，这一切的思考、探索又是否还有意义？科学的研究是否还有意义？我并不觉得每个人都必须皈依宗教，但只要你不是一个浅薄的人，你就终究要面对这些追问，科学可以改变人们的生活，孤独却永远与你同在。

最后，我想讲一讲电影里最令我震动的那只企鹅的故事。话说南极企鹅每年都会在春天来临的时候成群结队地迁徙，大家都在朝着大海进军。这时候，一只企鹅突然掉头，它既不返回栖息地，也不向冰川的边缘前进觅食，科学家们看着它朝群山直冲过去，山在七十公里以外。科学家说，即使抓住它，把它带回栖息地，它也会立即掉头朝群山而去，它朝着这片广袤大地的深处而去，还有五千公里的路要走，终将难逃一死……

但是……为什么？

在看这部电影的几个月后，我读到一则新闻：“一名曾在南极研究站工作的男子出书爆料，不到二百人的研究站里酒池肉林，男女酗酒吸毒，性爱成为主要娱乐，一年消耗一万六千五百个保险套，有些人的精神处于崩溃边缘。”

看完这则新闻我就乐了，我不知道假如自己在南极站待上几年，会变成什么样子。不过如果你看过赫尔佐格的这部《在世界尽头相遇》，你就不会对这样的事的发生感到吃惊，在南极站的这些科学家，他们每个人都有自己的故事，经历了许多最后来到这里，他们对着赫尔佐格的摄影机侃侃而谈，我不大相信他们只是为了科学探索来到这里。

我想除了对科学的热爱，他们有的是为了躲避孤独来到这里，有的是为了追寻人生的意义，可是无论你走到哪里，都走不出内心的孤独，而人生的意义总是既不在这里也不在那里，我想我还是很喜欢这群家伙。是的，即使酗酒吸毒、性滥交，也依然喜欢，为什么不？毕竟从某种意义上来讲，他们是和我一样的人，在这条路上，在世界的尽头，我们没有人可以保证自己永远不发疯，但是你却不得不义无反顾地走下去，我们都是停不下来的人。

艺术、文学、科学、生命的神秘以及美，这一切仿佛神灵，在遥远的地方召唤着心灵……说到这里，我想起了那只企鹅，觉得有点理解它了。

但是……为什么？

答案只有一个：因为是你。不为什么。

写作是一种危险的游戏

好莱坞有很多一直战斗在二线的黄金配角，菲利普·塞莫尔·霍夫曼是其中的一个，这位毕业于纽约戏剧专业的其貌不扬的演员是种哪怕你只给他五分钟的戏，他都会把他身边的帅哥烘托得像一块木头的演员。所以当他得到奥斯卡最佳男主角的消息传来的时候，我就对朋友说，就冲着这个人，这部戏也一定是值得一看的。因为有思想、真正懂表演的好演员一般都有一个共同之处，那就是他们都很会为自己挑戏和选择角色，所以他挑的剧本肯定是有挑战性、值得表演，也值得一看的故事。

然而我还是低估了《卡波特》这个故事本身对我的触动，我原以为和所有描写作家的电影一样，那是一个关于一个作家的生活和创作的故事，却完全没有想到那是关于一个作家走向毁灭的故事。

当电影最后的音乐响起的时候，我有些郁闷地坐在床上，很多年来，第一次因为一部电影感到胸口闷得仿佛一块石头堵在那里，既不能喊也不能叫。我跑到阳台上去透气，看着窗外风雨交加的北京之夜，一丛树冠就在我的窗前被狂风吹得乱摆，茂密的叶子被雨水淋成墨绿色，在灯光下黑黝黝的，却闪着光。我想着卡波特和他的这一段岁月，然后我想起我自己的写作，感觉自己就站在悬崖上，随时都可能坠落。

写作是一件多么危险的事情，没有人在我写作之前告诉过我，我的价值观和我的生活都会被它改变。开始写作的时候并不觉得，而当我发现这一切的时候，它已经成为我一生不可丢弃的一份信念。我想卡波特也一定是这样，但是他比我才华横溢，所以写作给他带来的远远不止于精神上的支撑，它给他带来的是一切。它给他带来爱情，带来荣华富贵，带来沙龙圈里的热闹繁华的生活，最重要的是它给他带来一种信念，使他傲然于世，永远可以以一个旁观者的角度观察身边发生的一切。

对我来说，这也是写作能给写作者带来的最好的东西，假如可以练就一副旁观者的眼睛，那么这是上帝赐予你的一份礼物。所以在影片开头，当人们问卡波特，他是否要对自己的作品诚实的时候，他说，不需要。

我相信他说这话的时候并不是要存心欺骗谁，而是因为他的内心已经找到了作为一个观察者独特的处世哲学。他可以是社交界的宠儿，可以是一个男同志，但无论他是什么，当他写作的时候，他是上帝。他用他的眼睛冷冷地看着这个世界，洞悉着一切，这个身份使他即便身在人群之中也可以常常跳出重围，将目光凌驾于一切之上地俯视这世间的红尘变幻，要知道这是上帝看世界的角度，所以他怎么能不骄傲。

他当然是自恋的，每次当他作为第三者旁观上流社会来来往往的名人名媛的时候，当他面对崇拜他的芸芸众生的时候，他都会发现有一个叫杜鲁门·卡波特的家伙是那么与众不同，他跳出了世间的桎梏，敢于嘲笑一切，于是他偷偷付钱给火车上的黑人乘务员，教他在朋友面前说文质彬彬的句子赞美自己，他欣赏这一切，既是戏里的演员又是戏外的观众，兴致勃勃，以至于当朋友说，你付钱给他们了，他还很奇怪地问，“你怎么知道”。

他的生活是这样的春风得意，他靠自己的人生哲学征服着这个世界，无论面对什么样的指责，他自有他自己的道德模式。他是自信和坚强的杜鲁门·卡波特，没有人能轻易将他改变，直到有一天，他碰到了佩里·史密斯，一个四命在身的杀人犯。

人人都知道那个杀人犯佩里·史密斯是一个危险的存在，但是对于卡波特来说，他的危险是另一种不同的含义，他用他惯常用的方式去接近佩里，他希望从佩里那里打探出那个血腥的夜晚佩里所做的一切。近距离接触并记录一个灭门案的杀手，对于一个作家是天赐良机。卡波特希望利用这机会写成传世之作，他试图反映佩里所代表的那个贫穷的、挣扎于地下的美国和被害人一家所代表的安稳、保守的美国在那一夜激烈的碰撞。

可是杀人犯佩里·史密斯到底是什么呢？在卡波特的心中，

至少是最开始，他只是他写作的工具，一个符号，一个观察研究的对象。他可以保持对这种研究对象不动感情地旁观和分析，必要的时候也可以采取欺骗的手段来获得他们的信任和感情，这在他来说都是习以为常、毫不违背道德的，因为他是以一个作家的角度来看他，来欺骗他。上帝派他来诠释这个世界，这是他的才华、他的任务，也是他作为作家的特权。所以即便有那么一些欺骗，他也心安理得，没有丝毫的歉意。

但是这一次卡波特错了，他遇到的几乎就是他的影子，按照他自己的话来说，“我们似乎是同一家庭的兄弟，只是佩里从后门离家，自己走了前门”。

他们有着同样被抛弃的童年，对命运不服气的倔强，同样的敏感和悟性，同样追求这不庸俗的生活。他们甚至同样试图在这场相遇中利用对方，卡波特想要通过佩里的故事不朽，佩里要通过卡波特的笔争取社会舆论来获得自由，只要卡波特能在他的书中让人们相信他和同伙并非预谋，他们就有活下去的希望。

卡波特当然不会像佩里要求的那样帮佩里争取同情，一个过失杀人的杀人犯，怎么可能让他的作品震惊于世，得到不朽？所以每当佩里询问他时，他永远告诉佩里此书状态是“未完成”。当佩里指着报纸问他为什么把书名取为《冷血》的时候，刚刚和办理佩里一案的警官炫耀完书名的卡波特，甚至可以不动声色地说那是书商的所作所为。

同样作为一个是写作的人，我曾经试图想象卡波特当时的心境，他一边在书中令人信服地将佩里塑造成一个冷酷杀手的形象，这将让佩里绝无生还之路；另一边以同病相怜的身份成为佩里的监护人，这两个卡波特哪一个才是真实的卡波特，也许两个都是。他本来以为欺骗个杀人犯没什么了不起，但是佩里和他太像了，这导致了他对佩里的同病相怜变成了假戏真做。

这一次上帝没有站在卡波特这一边，也许因为拍了卡波特脑门的本来就是魔鬼而不是上帝，不管怎样，他陷入了一个尴尬的境地：一方面他如此自恋，以至于他无法不去爱像极了自己的佩里；另一方面他要不朽，可是这不朽却必须要以佩里的案件盖棺定论后，用佩里的死才能换来。

他选择了后者，然而这选择的结果却整整耗费了六年，当所有的诉讼终于走到结束的时候，卡波特自己也已经近于崩溃了，他试图逃到遥远的小岛上，但是佩里却紧紧地抓住他不放，一直给他写信，一直缠着他、找他，于是他只好一直撒谎一直演戏了六年。写作有时候就是这样一件事情，当你试图进入一个人的灵魂的时候，你发现你已无法轻易离开。除非那个人死。

那个人终于死了，卡波特去参加佩里的死刑，看着他还能对自己笑，看着他脸上对自己的宽容，看着他眼睛里对自己的灵魂也同样是清清楚楚。他看着他死，他的身体从高高的脚手架上坠下的时候，狠狠地砸在他心里，砸得他内心深处那个建筑好了的卡波特王国终于分崩离析。

他哭着给朋友电话："我做了所能做的，真的。"朋友说："也许吧，不过事实是你不愿（让他再活下去）。"

你可以对你的作品和读者不诚实吗？也许你能够，以作家的名义，但是你可以对自己不诚实吗，也许你永远也做不了那么彻底。即便你是一个作家，你觉得你有特权，是上天恩准你可以突破自己的底线甚至没有底线，但是有一天，你发现你仍然要像所有人一样，为此付出代价。

我一直在猜想，在这整个的过程中，最让卡波特郁闷，也最让我这个观众郁闷的是，佩里其实什么都知道，他们是两个明眼人在演盲人戏，而他到了最后一刻，还要在彼此都心知肚明的情况下向佩里撒谎。其实他试图坚持欺骗的与其说是佩里，还不如说是他自己。而佩里，则淡淡然地给卡波特相当的配合，卡波特要他死，要求得自己的一个解脱，他最后满足了他，给他解脱，给他自由。然而一个人的死却没有给两个人都带来解脱，解脱的只有佩里自己，而卡波特，等待他的是万劫不复。

在卡波特从刑场回纽约的飞机上，卡波特看到佩里遗物中给自己画的一张画像，冷漠的表情，那是佩里眼中的卡波特，和卡波特写佩里的书都适合同一个名字——"冷血"。

1965 年《冷血》终于出版，卡波特在纽约广厦大饭店举办了盛大的舞会。在那以后，卡波特果然得到了他梦寐以求的东西，但是他决心和名利场告别，一路开始摧毁自己曾辛苦创下的基业，他发表了一连串文章爆了名流们的糗事，最后被纽约的上流社会踢出了名流圈，他的灵魂再也没有得到过自由和安宁，也再没写出像样的东西。1984年8月25日，卡波特因酗酒过度而死去，终年59岁。

这部电影看得我浑身都冒冷汗，一个写作的人，最怕的可能就是这种事，某一天遇到某件事情某个人，就让你再也写不出任何东西来了。莎士比亚说："没有思想的文字是上不了天堂的。"然而有时候，我们想尽一切办法靠近天堂，却发现自己一脚踩进了地狱，无数作家为此付出了太多，卡波特也是如此，不管他的方式为不为人称道，作为一个同样写作的人，我都深深地理解他，并且依然喜欢他，因为我打心里明白，写作是一种多么危险的游戏。

亲爱的，这人生只是梦一场

年轻的时候看倪匡的小说，印象最深刻的是原振侠系列中的《宝狐》。

故事讲的是一个男人有一天遇到了一个堪称他梦中情人的女人。这个女人从样貌到性格没有一处不合乎他的期望，男人于是将女人带回家中，像《聊斋》里的书生一样，日夜与之缠绵，情深意笃。有一天，这男人发现除了他以外，他身边的人竟然都看不到这个女人，紧接着，有两个很奇怪的访客到来，他们告诉这个男人他们是从另外一个星球而来，这个整日和他耳鬓厮磨的女人是来自他们那个星球的一个罪大恶极的逃犯。

事实上，这并不是一个“她”，因为它并没有任何的肉身，只有魂魄，更别提性别了。它曾经毁灭过很多生灵，他们一路追杀它，一直追到地球来，它只是为了躲避追捕才和男人在一起，为的是利用男人的生理气场之类的东西来当自己的肉盾。

男人不相信：你们说它没有肉体，那为什么我可以触摸到她，亲吻到她，闻得到她颈间的香气？

外星人告诉男人，那只是它用它的方式激发了你的视觉、听觉、嗅觉这些感官而已，它可以知道你心里要的是什么，就可以直接让你看到你所希望看到的、听到的、闻到的、摸到的一切，甚至连做爱的高潮，也只是它激发你的神经系统，给你的感觉而已。这个女人之所以对于你来说这么完美，正是因为她出自于你的理想，这一切都是幻象，并不是真实的存在。

当然了，在经过了一些必要的证明手段之后，男人不得不很绝望地承认，这是一个事实，故事从这里开始滑向了类型小说的俗套——虽然明明知道那个“它”甚至连人也不是，但男人还是将“它”当成自己最爱的女人，决定继续保护“它”，哪怕是为“它”牺牲生命。而“它”也为男人的这份情感所感动，最终选择了放弃抵抗，和外星人追捕者离开了地球。男人则在后来的日子里再也无法爱上任何一个女人，最后孤老终身。

再讲一个真实的故事吧。1994年获得诺贝尔经济学奖的美国数学家约翰·纳什博士是一位天才，他因为与另外两位数学家在非合作博弈的均衡分析理论方面作出了开创性的贡献，对博弈论和经济学产生了重大影响。得到诺贝尔奖的时候，纳什博士已经是一个66岁的老人。

在他年轻时的某一天，一个男人曾经找到他，他告诉纳什，国家需要他为国家进行秘密的工作，他唯一可以联系的人就是自己。于是，天才的纳什博士在之后的三十年里，成了一个衣着怪异、整日在黑板上乱写乱画、四处留下古怪信息的人。

直到有一天，他终于意识到自己患上了精神分裂症，那个时常来和他联络的神秘男人，甚至之前他在普林斯顿里唯一的朋友和朋友可爱的侄女，都只是出自他的幻觉。他们并不是真实地存在，却构成了他整个世界不可或缺的一部分。

在亲人的关怀下，纳什博士开始治疗，但是他面临着两难的困境：治疗精神分裂的药物帮他驱赶幻觉，将他带回到这个真实的世界，但却会损害他的大脑，他将从此无法继续做研究，只能碌碌无为地度过此生。

最后，纳什博士做出了他的选择，他决定不依靠药物进行治疗，而用自己的毅力去忍耐和控制自己的幻觉，就让幻想中的人永远在他的生活中存在下去，他不会和他们再说话。

这段故事最后被改编成那部著名的叫作《美丽心灵》的电影，在影片的最后，纳什博士和夫人从礼堂走出来，看到远远站在角落里的他幻想中的朋友们，他们默默地互相望着对方，谁也没有再说话。

突然想起讲这两个故事，是因为这几天刚刚看了由苏菲·玛索和莫妮卡·贝鲁奇合演的《不要回头》。开始的时候当然只是奔着两大女主角去的（也许大家都是吧），但是整部电影看下来，却发现原来是意料之外的佳作。

当然，这是在你能够绕开法国人惯用的曲折含蓄的叙事烟幕弹，看懂这部电影的前提下。很多人说看不懂这部电影，其实我想，如果你能读完前面我讲的两个故事，然后把其讲故事的方式重新排序一下，就很容易懂了。

住在法国的美女作家珍妮（此时是苏菲·玛索扮演），有一天突然发现她周围的一切都在变化，她的丈夫、孩子和母亲，她家里的摆设、墙上的照片，这一切的一切都正在起变化。她身边的亲人们的面孔渐渐地变成陌生人的面孔，她也再也认不出走了很多遍的街道。她墙上的照片和录像里的自己都时而出现另外一个女人（莫妮卡·贝鲁奇扮演）的样貌，就连照镜子的时候，她自己的脸都在变化。然而大家却没有发现这一点，他们只是觉得她有些神经兮兮的。

直到有一天，她发现她已经彻底地、完全地成了另外一个人。苏菲·玛索扮演的那个珍妮不在了，原来她看到的、摸到的丈夫、孩子、母亲也不在了，存在的自我和这个自我所存在的世界，都变成了另外的一个女人与她存在的陌生的世界。

那个女人，是一个她小的时候曾经见到过的小女孩长大了的模样，但是她记不得那小女孩是谁了。于是，她决定回到家乡，去探明究竟。

答案其实很简单，在电影的最初出现的由苏菲·玛索扮演的那个珍妮，其实只是一个幻象，她是真正的珍妮（莫妮卡·贝鲁奇扮演）的一个童年的朋友，是珍妮养母的女儿，在一场车祸中死在她的身边。而真正的珍妮受到刺激，多年来一直生活在自己是死去的朋友（苏菲·玛索扮演）的幻觉之中。

就像倪匡故事里的那个男人一样，她看到的、听到的一切，她亲人的面孔、气味，她屋子里的陈设，都是她幻想出来的、她的大脑为她的感官营造出来的一场幻觉。这幻觉，你要它多真实，它就有多真实。直到有一天，电影开始的那一天，女作家珍妮并不是开始做梦了，而是从梦里醒来了。她并没有变成另外一个人，而是从幻想中的另外一个人重新变回了自己。

这是一个精神分裂者的世界，是人们害怕的未知的世界，在无数的电影中，它是恐怖的黑暗的世界，但是在这部电影中，这个你不知道的世界里也有亮色。

在影片的最后，珍妮像纳什博士那样，选择了不求助精神医生而由自己来解决一切。她回到自己的家中，此时，她精神分裂出的那个人格已经从她自己的肉身中剥裂出来，珍妮看到了她死去的朋友站在门口，那是她的幻觉，是她生命中的朋友，也是她的另一个“自我”，她们默默相望，最后，她选择让她留下来，和她永远在一起。

看着她们互相微笑的样子，我也想起很多年前，我曾经做过的一个梦。梦里的男人没有面孔，却无比真实。

那不是一场春梦，而是确确实实的一场关于爱情的梦，是关于那个你曾经以为存在，但是却最终在人世间遍寻不见的如风少年的梦。那梦中的少年，他不是真实存在的任何人，从前不是，未来也不会是，因为我知道他不存在，所以我自己也已经忘记他很久了，而今他却突然出现在我的梦中，让我在清晨的阳光里独坐了好一会儿，内心充满了忧伤。

这世界，什么是现实，什么又是幻觉？什么是真的，什么又是假的？所谓“存在”，到底是存在于这个世界，还只是存在于我们的脑海里？当我们死去的时候，这些“存在”也随我们一起死去，这些我们摸得到的、闻得到的、拥抱得到的一切，也不过是感官告诉我们大脑的而已，它们到底有多真切？还是这一切，也并不比一场梦来得更虚幻？

在《战争与和平》中，安德烈公爵在弥留之际，想到自己的死，不，他没有死，他只是醒了。庄子在醒来的那一刹那，发现自己原来不过是一个在梦中变成了蝴蝶的人，而不是一不小心梦到自己是变成人的蝴蝶，会不会很失望？

现实中的珍妮最终让幻想中的珍妮留下来，她并没有彻底回到那个所谓“真实”的世界，因为对她来说，那也是现实的一部分，那也是她自己的人生的一部分。我看着她站在自我之外，微笑着，深深地凝视着这个世界上的另一个“我”，我想她终于找到了自己真正的朋友。

我也想起我曾经做过的梦，这世界太冷酷，唯有梦最温暖，也许在某一个瞬间，我也曾希望这样，能回到梦中，和自己梦里所爱的人，永远相伴一生，直至死亡将我唤醒。

活死人的黎明

两年前的夏天，我和朋友到马来西亚的云顶去玩，有一次，我们在赌场外的大厅等人，大门里出来了一个女人，年龄大概有五十多岁，一副皮包骨头的身架，穿了一身妖艳的红。她手里夹着烟，旁若无人地从我们的面前走过，样子老且丑陋，脸上的妆容极浓，但浑身却有着一种说不出的吸引力，仿佛从一部电影中走出来的故事，使得我一直目不转睛地盯着她的背影，直到她消失在走廊的尽头。后来我们又在旁边的面店遇到她，这次却是同一个老且丑的男人在一起。她坐在那里，一言不发，只是一个劲地抽烟，那男人也是一副老浪荡子的模样。

我是个爱写小说又爱电影的人，对这个女人充满了好奇。很想知道这样一个女人背后的故事是什么，而我的朋友也注意到她，就对我说，“看那边那个女人，一定是个老妓女”。

后来我在《中央车站》的候车大厅里第一眼看到朵拉的时

候，她坐在一张桌子后面替人写信，鼻梁上架着一副眼镜，装模作样地让自己显出一副善良的样子来，以骗取路人的信任，好利用他人的希望，为自己换来一点活命的钱。她的顾客都是生活在社会底层的目不识丁的穷人，他们对她眼中偶尔滑过的一丝狡诈毫无察觉，幸福洋溢地在她面前诉说着自己的各种向往。

然而我却被她的眼神震了一下，我读过故事的简介，知道这是一个关于一个老女人和小男孩的故事，但是我没有想到这个老女人还是个骗子，样子老且丑陋。我立刻想起了云顶的那个女人，于是就想，这个女人一定也当过妓女。她坐在那里，带着她的过去，而这个电影，讲述的却是她的未来。

然后男孩约书亚出现了，没有许多电影中的孩子的那种清澈温柔的大眼睛和讨人喜欢的笑容，却有着令人不舒服的早熟与怀疑的眼神，以及底层生活的孩子特有的察言观色的能力。她情不自禁地看了他好几眼，他也看她，他的眼睛在说："我讨厌你。"而她的眼睛则在说："我也是。"

这就是电影中一老一小两个主人公的第一次相遇，老人并不慈祥，孩子也并不可爱，在熙熙攘攘的里约热内卢的中央车站，四周的空气干燥闷热，各种堕落、腐烂与挣扎混合在勃勃生机之中，在明亮得照得透墙壁的阳光里，灿烂得像一场梦。

即便是这样，他们还是被命运安排走到了一起，一个故事的开始，若是没有善的原因，还可以因为恶。约书亚的母亲在车祸中的突然死亡，并不能够成为他可以赖上朵拉的理由，她只是帮他妈妈写了一封信而已，不至于为了这么一点点联系就背负起这么大一个责任。然而令人吃惊的是，她比人们想象得还要恶毒，她甚至把这孩子卖给了倒卖人体器官的人贩子，用卖孩子得到的钱给自己买了台电视机。但是她又没有她自己想象得那样心狠，到头来实在熬不过良心，又去把孩子救了出来。

一来二去地这么一折腾，两个人也只好一起上路了，她不送他也是无处可去，他不相信她也是无人可相信。他们一起去一个名字长得仿佛是在世界尽头的某个地方。据说那里是约书亚的家，有父亲还有兄长。两个互相厌恶的人最终坐在了一起，大巴在潮湿炎热的夏夜中穿行，无人期待黎明的到来。

每一个朵拉都曾有过自己怒放的青春，尽管她现在可能只是个抱着酒瓶把自己灌得烂醉如泥的女人。她清晨醒过来，讲起自己年轻时候的故事，我们看到了一个没有希望的人那已经死去了的灵魂。她早已习惯于不给自己留一点念想，彻底扼杀掉这叫作希望的东西，甚至是替别人写的信、也从来不曾真正地寄出过，她不肯为那些自己不相信的东西浪费一分钱。

希望迟迟不来，苦死了等它的人。（塞缪尔·贝克特《等待戈多》）即便是在遥远如巴西那样一个终日阳光灿烂的国度，人和人的希望与失望依然是如此相似。一个孩子，自然还有着对这个世界的美好去相信和去追求的勇气，但是像朵拉这样的一个女人，随着我们一路跟随着她走下来，对她慢慢地了解之后，就再也无法简单地去埋怨她的冷漠无情。

没有人能够真正地了解到她的过去，她只讲到她的父亲和母亲，其余的也不再提起，她是否曾经被男人抛弃？是否爱过心碎过？我们都不得而知。当然，对于一个小男孩来说，她也只能讲讲这个。但是我们知道，在我们认识她的时候，她就已经是个死了的人。为了生存，她骗人、偷东西、卖孩子……一切对她来说，即便是丧尽天良的事都做得那么自然而然，腐烂深入到她的心灵，扎根、发芽，吞噬着她的良知，绝望和痛苦从不挂在一个久已不知幸福和希望为何物的人嘴边。

只有一次例外，她遇到了一个心地善良的男人，就不顾一切地扑了上去，那架势简直就像是苍蝇见了血一样，谈不上什么爱情，只是一个行将溺死的人，突然看到了最后的一根救命稻草。她站在加油站洗手间的镜子前，顾不上自己年老色衰的脸面，第一次擦上了口红，厕所里斑驳的油漆墙面和肮脏的镜子里她那满脸的沧桑，让人看着心酸。

外面的阳光依然灿烂，她那副溺水者张牙舞爪的劲头却真是吓坏了男人。他逃得飞快，在日后的日子里，这男人也许会和人说起他曾如何及时醒悟、逃过这一劫，没有被一个已经僵死了的老女人拖下水的故事。幸亏他有卡车。

关于人类希望的故事，无非如此了吧。在希望和失望之间反反复复地挣扎，也许是每个人这一生都躲不开的一个历程。这让我想起了《牯岭街少年杀人事件》里的小四，那个曾经对生活充满着热情和信念的少年。

他几乎就是朵拉的前身，他的父亲曾经对他说，只要相信，这个世界上还是有希望的，于是他相信了。但是他的希望，最后还是被无情的绝望碾过，当小四最终掏出刀刺入小明的身体的时候，他是恨她为什么这样早早地就放弃。在他看来，与其让小明这样地活下去，还不如成为一个死人。

然而，无数个小明和小四还是会活下来的，他们有的人，注定会成为里约热内卢车站里的朵拉。约书亚并不代表着一个真正人生历程的起点，他幼小的心灵还不足以感受得到这人世间的痛苦和迷惑，小四才是这个起点，而朵拉则是他的未来，一个活死人。在这起点和终点之间的，大概就是那些我们听过无数次的故事。

约书亚最后还是找到了自己的家，在一片簇新的民居中，一幢刷着漂亮的蓝色油漆的房子鲜艳得仿佛是一个童话。他的父亲是爱着他的妈妈的，他的哥哥们是忠厚老实的木匠而不是酒鬼，这是朵拉所没有想到的。她以为终点就是终点，却发现原来她的旅程并没有结束。这不是她第一次重新唤起对人生的希望，但却是最令她彻悟的一次。

在起点失去希望，在终点将其找回，朵拉的旅程，在夜里开始，在黎明结束，这也许是导演用心良苦的一个暗示。人的这一生，是不是真的只有在经历了这么多的苦难之后，才可能寻找到内心真正的平静？在人生旅程即将结束的时候，才会真正明白，什么叫作希望？要经历过灵魂上无数次的生死轮回，才能真正看到黎明？那些在风中飘逝的答案啊，我的朋友，你可曾还在守望？

终于，她寄出了那些信。她在用一辈子学习怀疑之后，学会了相信。

你所不能了解的人生

在电影《时时刻刻》开演后十分钟，我曾经怀疑过自己能否看懂这部电影。三个女人的交替出现，不断切割转换的镜头，以及在此之前读到的模棱两可的内容简介，似乎是预示着这不会是一个或者三个简单的故事。然而在电影看到二分之一的时候，我开始流泪，并且一直到电影的结束。在网上，我看到很多人说这是一部关于女人的电影。也有人说是同性恋题材或者干脆没看懂，因此我想把我自己看到的东西记录下来，也算作一种解读吧。一个关于女人又完全与女人无关的解读。

这其实并不是一个复杂的电影，复杂只是因为交织在一起的三个故事看上去过于平淡罢了。三个女人的一天都是很普通的一天，似乎都是被一本书《达洛维夫人》联系在一起。因为她们如此不同，所以这种联系看上去有些牵强：弗吉尼亚·伍尔夫——一个天才，一个精神濒临崩溃的女人；劳拉·布朗——一个家庭主妇，一个被天才所改变的女人；而克拉丽萨——一个编辑，一个守候天才的女人。

她们生活在不同的时代，有着完全不同的家庭，然而有一点却是相同的，那就是她们内心依然活着的梦想、内心强烈渴望成为的自我，以及她们所不得不面对的庸俗的生活。这才是真正将她们连在一起的东西。

这庸俗的生活也是我们很多人所必须面对的，它就像一个牢笼，困住我们的梦想，让我们窒息，不得逃脱。对于弗吉尼亚·伍尔夫来讲，这牢笼就是在里齐蒙德的平和安详的生活。

为了避免她再一次精神病发作，她的丈夫雷纳德把她带到这个小镇上，为她买来印刷机，为她开办出版社。然而这一切努力都不能让她过上他所期望的那种“正常”的生活。因为她是弗吉尼亚·伍尔夫，这就注定了她终将为探求人生的真谛而活，终将不能成为一个安于享受阳光和青草味道的某个男人的女人。虽然这条路是充满了荆棘而危险的，甚至可以把人逼疯，但是这是她无法放弃的东西。

她羡慕她的姐姐可以享受世俗的快乐，在告别的时候她狠狠地亲吻着姐姐问：“你觉得有一天我能逃脱吗？”这逃脱，也许指的是疯癫，也许指的是她的命运，然而她终究无法逃脱。或者说当这一天结束的时候，她终于做出了选择。

回到伦敦，回到动荡喧嚣的生活中去可能意味着再一次精神病的发作，可能意味着死亡。然而她说，“如果让我在死亡和里齐蒙德之间做选择的话，我选择死亡”。

雷纳德看着她眼神里的坚定，哭了。因为他知道，这个世界上有些人，尽管你是那么爱他们，尽管你愿意为他们付出你的一切，但你将注定无法把他们留住。

这样的人身上，是会有一种巨大的孤独和虚无感的。这是这种人的天性，也许很多人身上多多少少都会有一些。只是有的人不愿意面对，而选择了戴上面具，躲藏在世俗的情感和生活中使自己麻痹起来而已。

这也就是家庭主妇劳拉在看那本《达洛维夫人》之前所过的日子。虽然影片中并没有描述她在这一天之间是什么样子，但是我们是有理由相信，她曾经很可能和所有女人一样，努力做一个好主妇，照顾好丈夫和儿子，但不幸的是，无论她怎样努力，她都不能做好，也不能喜欢上这样的生活，喜欢这样的自己。

她的丈夫是一个好人，她的儿子也非常可爱，他们家境殷实，生活无忧。但这对于她来说，到底有什么意义呢？在读这本书之前，她可能从来是逃避这样的问题，用世俗生活的琐碎来麻痹自己敏感的灵魂。然而在这一天里，她终于明白，她对他们的爱不能够让她留下来，她不属于这样的生活。做一个好妻子、好母亲，那不是她天性里的东西，她因此而感到痛苦万分，甚至希望以死亡来解脱。

这在一些人的眼里简直是不可思议的，为什么有的人有了车子房子丈夫儿子，有了这一切后还是不知足？难道生活不就是这些吗？难道生活不就是这样的一地鸡毛？谁又不是这样过的呢？谁不是戴着面具生活？谁又能真正自由地做自己？

雷纳德对弗吉尼亚说：“我们有义务去吃娜丽做的饭，你有义务保持清醒。”弗吉尼亚则说：“只有我，我，才最清楚我想要什么，这是我的选择，作为一个人的选择。”

从来没有无缘无故的死亡，只有不被理解的死亡罢了。有时候当你看清楚了人生的本质，那种莫大的虚无就会偷偷携带着死亡的阴影一起靠近了。有的人心中其实是很明白这一点的，因此他们选择把脸扭过去，即使肯直面生活，也不肯直面内心深处那个真实的自我。

但劳拉决定不做这样的人。在这一天，劳拉最终没有自杀，她选择了另外一种方式退出了自己的生活，一种完全不被人理解的方式。她抛弃了她的丈夫和孩子。在世俗的观念中，这是一个母亲所做的最该受到指责的事。然而她与弗吉尼亚一样，也勇敢地面对了自己的天性，勇敢地面对在未来的岁月里她的良心上所必须承受的谴责。

自杀和抛家弃子，哪一种逃脱更容易被人们原谅？自私也好，不负责任也罢，有时我们不得不承认她活得更像一个人。“没有人会原谅我。除了死亡。”她在电影的最后去见斯特里普所扮演的克拉丽萨时说，“但是我选择生存。”

我看到斯特里普的脸上那微妙的表情变化。实际上劳拉的那番话也令我为之动容。在这一天之前，克拉丽萨正好和我们的前两位女主人公相反，她是弗吉尼亚·伍尔夫身边的雷纳德，她是劳拉身边的丈夫和儿子。她是别人的牢笼，也是自己的牢笼。她照顾她的前任男友理查与其说是因为爱，还不如说是因为自己是一个平庸的寄生虫。而她寄生的不是别的什么东西，正是自己的梦想。

因为理查是一个具有天分的人，所以她对她的女儿说，只有和理查在一起的时候，才感到自己是真正活着的，因此她也为理查看她的目光感到愤怒。因为他的目光让她清楚地意识到自己的确是一个平庸的人，过着平庸的生活。这甚至让她在理查的前男友到来的时候歇斯底里地哭了起来。

理查明白一切，他得了绝症，还继续活着就是为了报答她。于是他问她的“达洛维夫人”：“如果我死了的话，你会不会感到愤怒？”

她当然是感到愤怒的。她觉得他们应该互相为对方而活。她把这叫作相依为命。人总要为别人活着，人和人之间这种互相依靠，与他人互为牢笼，才能证明自身的存在。虽然她也为自己庸俗不堪的生活感到愤怒，然而她却表现得相当的顺从。

理查却说：“达洛维夫人，你必须放我走，也放了你自己。”最后他在她面前从窗口一跃而下，终于做了自己想做的事情，得到了解脱。这个世界早就让他活得十分不耐烦，然而有时候哪怕是选择死亡也会那么不自由。他为她活了十年。

“为什么一定有人要死？”雷纳德问弗吉尼亚。

“为了对比，”弗吉尼亚说，“为了让活着的人更加懂得珍惜生活。”

“那么谁会死？”雷纳德又问。

“诗人，”弗吉尼亚说，“那些心怀梦想的人。”

然而克拉丽萨并不明白，她愤怒得无以言表，她只是想为他开一个晚会而已。她做了所有琐碎而令人厌烦的事，却觉得不幸福，不被人理解。直到劳拉·布朗的出现。

我们这时才惊讶地发现，第三个故事里的理查，原来就是第二个故事里那个在劳拉的一天里出现过的忧郁的小男孩，他是劳拉的儿子。理查始终不能原谅她的母亲会活着抛弃他们，于是他在他的小说里给她安排了一个死亡的结局。然而到了他最后的时刻，当他自己也终于决定离开自己的牢笼那一刻，当他要放过自己，也放过他人的那一刻，他膝盖上放着的母亲的照片似乎暗示着我们他终于可以原谅她了。

“如果我说我后悔，那么我会轻松一些，好一些，”劳拉对克拉丽萨说，“但是后悔有什么意义呢？当你已别无选择。”

劳拉的出现，终于让克拉丽萨明白了理查的选择。有的时候面对一个真实的自我也需要勇气。就像弗吉尼亚所说的那样，“逃避生活，并不能换回内心的平静”。

理查和劳拉在骨子里其实是和弗吉尼亚一样的人，而克拉丽萨则和他们完全不同。因此劳拉认为克拉丽萨是一个幸运的女人，因为她天生有一颗可以与这个世界相融合的灵魂，她可以享受这个世界给她们带来的一些东西。她虽然平凡，但是正因为她的平凡，所以她才可以尽情享受这平凡世界能给予她的一切，这是她的本性所决定的。这很好，只要是顺乎天性的，平凡的人生也很好，不需要挣扎，这也是一种幸福。虽然她自己总是意识不到。

这一天结束的时候，克拉丽萨终于从她的牢笼里走了出来，开始变得坦然。有的时候你必须懂得放手，有的人你注定无法挽留，死亡只是一种离开的方式，如果这是他们的选择，你就只能去面对。任何人也没有权力去指责或是指导别人的生活。我们需要面对的，是自己的人生，自己内心真实的自我，无论这个认识的过程是多么痛苦，哪怕是死亡的绝路，无论我们发现自己是什么样的人。我们不能逃避。

亲爱的雷纳德，要直面人生，永远直面人生，了解它的真谛，永远地了解，爱它的本质，然后，放弃它。

——弗吉尼亚·伍尔夫

当女人说“不”

曾经在杂志上看过一篇文章，说香港八九十年代的女影星，没有几个是没拍过强奸戏的。其中印象最深刻的当数王祖贤。据说拍完了一场强奸戏以后她大哭了一场，非常坚决地表示再也不会拍这种戏。当时我还没看过那部她和周润发、吕方合演的《义盖云天》，读完文章有“不至于如此”的感觉，觉得作为演员，为了艺术做一点牺牲也是应该的。然而看了那部电影以后，我终于体会了王祖贤所说的话。

那场为了展示强奸而设计的戏确实很变态，我想我可以理解王祖贤拍完这部戏之后大哭一场的心情了，别说是王祖贤，就连我这个观众也被搞得颇有些心理阴影。

这大概是一种女性观众才会有的感觉吧。我看过很多电影，也见识过很多逼真的暴力犯罪的镜头，但是最令我不能忍受、感到郁闷和愤怒的，还真不是那些血淋淋的场面，而是强奸。

每每看到这样的情节，除了感觉到一种对身体的暴力以外，还感觉到对女性尊严的践踏。

所以当年我一直无法喜欢《男孩不哭》这个电影。虽然那的确是一部了不起的好电影，但看到希拉里·斯万克扮演的布兰顿被强奸的时候，我的确有一种快要呕吐的感觉。这部电影描写了一个女同性恋者对生活的抉择和对爱情的渴望，当她终于找到了一个真心爱她的姑娘的时候，她遭遇到了这个男性控制的社会对她的惩罚。在电影最后，那个强奸了她的男人不但毫无悔过之心，而且变本加厉地枪杀了她。

这个根据真实案例改编的故事给我带来的震撼与其说是因为一个年轻人的死，还不如说是出于对男权意识根深蒂固的一种无奈。那个男人根本不爱自己的女朋友，他之所以抓住布兰顿，强奸她然后枪杀她，不仅仅是因为她抢走了他的女朋友，更重要的是因为她是个女人。

强奸是男人对女人的占有，是侵犯，是权力的宣告，也是惩罚。在这一点上，西方电影对这个问题在伦理上的讨论，远远要比华语电影深入许多。

我很早看电影的时候就注意到的一点是，在这类题材的电影中，总是有一个共同之处：即无论最终犯下强奸罪的男人会得到怎么样的惩罚，你都休想从他们的脸上看到一丝内疚或自责。如果有一丝悔意，那也是由于后悔自己的一时轻率断送了前程，却断断不是因为伤害了一个有血有肉的女人。他们似乎总是想用“当女人说‘不’，她的意思是‘是’”来作为他们行为的开脱之词。

我曾经和身边的男性朋友讨论《男孩不哭》或是《被告》这样的电影，他们总是不约而同地对电影中的男人抱有同情，认为虽然《男孩不哭》中的布兰顿被枪杀、《暴劫梨花》中的莎拉被当众轮奸确实是犯罪，但是他们都会不约而同地补充强调说，这些女人自己也有责任，从法律以外的角度上来说，她们都属于咎由自取。

拿枪指着男人的头，命令他们“say sorry”，《末路狂花》中这疯狂的一幕，是多少女人在面对来自男人的傲慢、羞辱、猥亵的时候脑海里曾经幻想做过的事。而这部电影，也是我自己看过的相关电影中，最经常引起男人和女人争论的电影。

特别是对于开始时强奸的那一场戏，我曾经问过一些看过此片的男性朋友，他们总是指责所有一切的悲剧是塞尔玛的挑逗行为导致。他们也不能理解为什么不肯道歉就可以使路易丝开枪杀人。即便他们可以从技术层面，或者是从艺术的表达手法的方面来判断这是一部优秀的电影，但是至于所表达的思想嘛，我想当我的女朋友们热烈讨论的时候，我从他们的脸上看到的是“该死的女权主义”这样的表情。

这部被公认为典型的女权主义的电影，我未曾见过有男人表示喜欢它，男人们讨厌它所呈现出的不顺从，以及女人在向他们索要世界的权力时的野心。然而很多年后我再重看这部电影，却觉得与其说它想表达的是女人要什么，还不如说表达的是女人不想要什么。

塞尔玛和路易丝其实绝非像男人们想象的那样，是一个和男人争夺权力、贪得无厌地索取的女人。恰恰相反，从头到尾塞尔玛和路易丝都是以一种被迫逃跑的姿态，在绝望中表达着她们想要拒绝一切强加在她们身上的伤害：丈夫狂怒的咒骂，停车场的强奸，公路上的下流手势，等等。直到最后的抢劫，两个女人才从完全被动的逃跑，变成了主动出击，开始露出女权主义的端倪。

那个卡车司机在冲天的火焰中狂怒地咒骂并高高举起中指，表明了导演冷酷而坚决地否定了任何一种对这个男性社会自欺欺人的幻想。在火光和男人的咒骂中绝尘而去的塞尔玛和路易丝，如果开始还能带给人一种酣畅淋漓的痛快的话，那么这痛快过后就只剩下对这个世界更深的无奈和绝望。即便是拿着枪指着男人的头让他们“say sorry”，女人们得到的还是一句“fuck you”，冲天的火光是女人心中熊熊的怒火，是彻底断了与这个男人的世界和解的决心。

让男人明白这一点是很难的。一个女人挑逗一个男人，和他接吻拥抱，并不代表她想和他发生性关系，凯特·米利特在她的《性政治》中曾提到，公众舆论认为女性和黑人具有相同的特征：“智力低下、本能的或官能的满足、原始的和孩童般的情感、想象中的性威力、掩饰感情”。以此为出发点，男人们总是高估了自己的魅力，完全忽视女人的意愿，他们总觉得女人是幼稚而为欲望所左右的动物。她们会词不达意，她们会服从，她们甚至喜欢男人对她们使用暴力。

事实上，所谓一个巴掌拍不响，女人们自己也忍受着这一切，塞尔玛在走上这条天涯不归路之前自己也是这样的：迎合着男人的意愿，面对着强势的丈夫，从来没有自己的主张，对自己想拒绝的生活从来不敢说“不”。假如在停车场那天路易丝没有及时赶到，假如她真的被强奸，她会怎样？我设想了一下，怎样也不怎样吧，多半还是忍气吞声，就这么窝囊地过下去了。于是当有一天她不得不说的时候，她发现她甚至需要连枪都掏出来证明了。

塞尔玛与路易丝并不想跟男人抢夺什么，她们只是在拒绝这个世界强加在自己身上的枷锁和伤害，她们只想告诉这个世界：“当我说‘不’的时候，我的意思就是‘不’。”这是多么简单的一句话，却又是多么难的一件事。

有时候自由并不是一个人想要做什么就做什么，而是他不想做什么就可以不做什么。可是天下之大，哪里有这样的自由之地呢，于是她们只好一路奔逃，再也无法回到从前那令人窒息的世界。事实上，她们也不想再回去了，品尝过自由滋味的女人，为了对这个世界说“不”，付出了她们生命的代价。当她们开着车，面对着大峡谷的蓝天纵身一跃的时候，但愿她们发自心底的声音，这个世界终于能听得懂、听得到。

上帝创造女人

第一次看《男孩不哭》时，看到一半就决定不再看这个电影第二遍。主要的原因是它给我带来的那种郁闷、阴暗的感觉以及当时的同志题材对我的价值观冲击太大。所以那一届的奥斯卡，我和朋友都对斯万克女扮男装的逼真演技十分钦佩，但对于这部电影本身谈论得却并不多。

然而在看过这部电影一年以后，我却想为它写点什么。这是第一次为一部自己不喜欢的电影写一点东西，却不是由于厌恶或者要进行批判，而是由于自己的惊讶。惊讶于一部在观影的过程中让我产生烦闷和阴郁的电影，给我带来的震撼竟然在心中久久难忘。

这种心理让我觉得有趣，很像是你遇到一个你不喜欢的人，却不得不敬佩他。这复杂的感觉让我终于决定在看完这部电影一年之后好好地消化它一下，我开始承认它是一部极出色的电影。这也使我的观影经验有所改变，从此后不再以个人的感官色彩作为判断一部电影的唯一依据。在看电影这条路上，每一个观众都会与改变他一生的电影相遇，那部电影也许并不是他最喜欢的，但却可能是最颠覆的。我想这也是一个观众和一部电影的缘分。

我不知道在当时的中国，究竟有多少人会真的喜欢这个故事，喜欢这么一个女人。那时候人们的观念还没这么开放，没有腐女，没有同人漫画，也没有那么多明星宣布出柜。实际上，那部电影即便是在当年的好莱坞，也是挑战社会价值的力作，而布兰顿·蒂娜是一个谁扮演都可能名垂好莱坞影史的角色，以至于好多女明星争相试镜。希拉里·斯万克更是凭此扬名天下。

在很多年后，我终于看到了故事的原型，那个“男孩”的照片，他本人比斯万克在电影中的形象更帅、更有魅力。想想这个苦命的孩子坎坷的一生，死的时候才 21 岁，就不觉令人叹息。

多么讽刺啊，在二十年后的今天，同志团体在争取同性婚姻的权利，在公开场合发表反同言论会被社会舆论批评，同志明星、偶像拥有无数粉丝。而在二十年前，一个女同想得到爱情，却只能隐瞒自己的性别，冒充男人。所有知道真相的人都无法原谅他的所作所为。

他从始至终都是一个问题少年、说谎者。他是一个女人，却冒充男人骗取另一个女人的爱情。他被人发现后没有丝毫的悔改之心。他与这个社会全然地对抗，把上帝赋予的女人的角色彻底地抛弃，连起码的内心冲突和矛盾都没有，就那么自然地想做一个男孩就去做一个男孩，最后还真的赢得了另一个姑娘的芳心。

这种叛逆是一种深入骨髓的东西。我一直很奇怪这个女人是怎么逃过我们每个女人所必须经历的这种性别观念的灌输的。女人应该有的样子，女人应该去爱谁、服从谁，女人应该做什么，女人在性行为中所扮演的角色，这些我们女人从小被告知应该有的属性，不仅在他的一举一动中不见丝毫，在他的内心世界里，也似乎根本没有什么女人是天生的，什么上帝创造女人的概念。他只知道他爱上了谁，他想做谁，他想亲吻谁、和谁做爱、给谁幸福。

于是他就那么本性自然地做他想做的事情了。这不由得让所有人，甚至连观众也一边善良地替他担心，一边十分恼火起来。毕竟他除了说谎、隐瞒自己的性别以外，还是一个善良的人。他甚至是比影片中任何一个角色都更加有爱心的人。

然而虽然他没有伤害到任何人，但他对自己存在的这样一种自由的选择，这样的不受约束并且不知悔改，还是激怒了他人，为社会所不容——我们都在服从上天安排给我们的角色，我们都在遵守着这个社会那些隐形的游戏规则。我们都曾觉得痛苦、压抑，可是我们都忍受了，学会了麻木。凭什么你就可以为所欲为，觉得自由是一件理所当然的事？这简直是一件大逆不道的事，不是吗？

这才是影片最后男人们捉住他、殴打他、强奸他，到最后杀害他的原因吧。他们并非真的那么爱他们的女朋友。如果汤姆在开始的时候还是由于占有欲而无法接受女友的移情别恋，到后来，当他知道自己的女友是完全知道真相的时候，他对布兰顿的攻击则完全是出于对男性尊严的一种捍卫，和对这个可恶的女人、不守规矩的女人最严厉的惩罚。作为一个女人，他和他们混迹在一起，享受着只有男人才配得上的尊重、只有男人才能享受的自由和特权以及优越感，还要抢走他们的女人。如果让他安然无事地离开，那么这是对他们男性权力的最大挑战。

所以，他们也采用了最原始、最兽性的方式惩罚他。这惩罚最重要的部分并不是肉体，而是从精神上摧毁他对自我的幻想和信念。逼迫他做一个女人，做一个被社会规定了的角色。

被殴打强奸却被告知“这是为你好”，被告知“不许报警”。男人们认为他咎由自取，应当受这样的惩罚，认为他是女人，必定胆小怕事，吓唬得住。没想到他竟然如此执着，不肯顺从，他竟然反击了。这一次我们的这个社会输了。尽管连最卑鄙的手段都用上了，可布兰顿至死也没有被改造过来，顺从地去做别人告诉他应该做的女人。

也许害怕，也许软弱，然而这个从小父母离异、被舅舅常年性骚扰、被少年玩伴强奸过的想当男孩的女孩，他那颗想成为自己的灵魂，却从来不曾妥协过。

女人是什么？女人要什么？如果说上帝创造女人，那么上帝说女人真正需要的又是什么呢？女人真正需要的，是她们内心深处的渴望，还是被社会教育洗脑出来的呢？

布兰顿是个女孩，但是他想要成为一个男孩，他爱的是女孩。他的女友拉娜本来爱的是男孩，可是她知道布兰顿的真实性别后，还是决定跟他在一起。这个姑娘年轻的生命里太缺少鲜活的亮色了。汤姆倒是个标准意义上的男人，可这样的男人有什么呢？酗酒，闹事，脾气暴躁，殴打女人。他实在不值得她去留恋，这也不是她想要的生活。她在没有前途、没有未来的日子里存在着，渴望有一个真正了解她、爱护她的灵魂。布兰顿的出现，使她第一次感到了一丝温暖和希望，促成她不顾社会世俗接受了布兰顿。

在 1993 年，这是两个女人的爱情，也是两个女人的结盟，他试图带着她逃离男人世界，建立属于自己的小天地。这是对当时的男权社会最大的叛逆和讽刺。女人们靠自己微薄的工资养活自己，甚至不再需要男人给的爱情和性快感的时候，她们就真的要摆脱男人们的控制了。汤姆之所以无论如何不能接受女友爱上一个女人这个事实，是因为他深深地感受到羞辱，于是他向布兰顿开了枪。

看到布兰顿死的时候我是十分震惊的，没想到事情是这样急转直下的结局。一切发生得太突然。也许每个人还没从对他的道德谴责中渐渐回过神来。这个瘦骨嶙峋的女孩子的肉体带着他的那颗执着而又痴情的男孩子的灵魂就命丧黄泉了。他没有来得及哭。

无论我当年在观影时是怎样地不能接受布兰顿，但是他的死依然让我觉得难过。不管怎样，他并没有伤害任何人，这样的一个人，是否因为他和我们不一样，就要受到如此残忍的对待？

如果说上帝创造女人，那么布兰顿·蒂娜是什么？他是男人，还是女人？1993年，布兰顿·蒂娜的传记出版，引起了社会的争论，有人说他是同性恋，有人说他不是同性恋，是性错乱者、异装癖。而我想说，其实这些都不重要，正如传记的名字那样——*All She Wanted*，无论别人认为他是什么，他都只是他而已，他是谁，他爱谁，他想穿什么衣服，看上去像什么样子，都应该由他自己决定，而不是由男人们来决定，不是由社会决定。他所想要的一切，只是做他自己而已。

在21世纪的今天，人们在维基百科上为布兰顿·蒂娜专门开了一个词条。在所有的文字中，人们用代词“他”而不是“她”来指代这个年轻人。因此我也愿意在本文中，称之为“他”。这是他一生所愿，也是他为之而死的原因。

让妈妈来拯救世界吧

法国电影《花瓶》（中文又译《傀儡》）的故事发生在 1977 年法国北方圣·古都勒的一个资产阶级家庭里。身为富有的大资本家的妻子，由凯瑟琳·德纳芙扮演的普若夫人是一个典型的传统女性。她每天健身，料理家庭琐事，喜欢美食与厨房，对孩子们无微不至地关怀，对脾气暴躁且霸道的丈夫忍耐顺从，六十多岁还依然保持着优雅的风度和美丽，过着受人尊敬的名媛生活。

但是儿子和丈夫的关系恶劣，女儿的婚姻也即将破裂，就连丈夫都公开声称她就是一个花瓶，告诫她不要进厨房，因为厨房是女用的位置，也不要去酒吧，因为那里不适合她去。这让普若夫人感到烦恼，没有价值感地存在了几十年，找不到生活的位置。工厂本来是她父亲开办的，是当年她陪嫁的礼物，但是现在她却完全没有发言权，这一切只因为她是女人。女人的位置在家里，如果不需要为家务操劳，那就做一个安分守己的花瓶吧。

直到有一天，工厂的工人开始闹罢工，丈夫被气得旧疾复发住进了医院，普若夫人这个花瓶在危难时刻从家里搬到了厂里，暂时代替厂长的位置摆设一下，世界从此开始有了变化……

故事里的情节说起来其实哪一个都不轻松——罢工，谈判，男人乱搞，女人出轨，私生子，乱伦，儿女的背叛，公司内部斗争，政治竞选，等等。这些都是严肃得让人容易剑拔弩张的事情，但令人惊讶的是，观赏这部电影的一个多小时却是一个令观众十分愉悦、忍俊不禁的过程。不仅仅如此，片中大量糅进的 70 年代的时尚流行元素、经典音乐以及镜头温暖的色彩，都给电影加入了梦幻的气息。

然而如果你以为它只是一个拿政治开开无伤大雅的玩笑，讽刺一下、逗大家乐一乐的肤浅的电影，那么你错了。当剧中的人物用轻描淡写的语气说出 1968 年法国五月革命里学生们在围墙上写下的那些著名的口号的时候，我的鼻子突然酸了一下。当电影中的儿子说“家长制已经结束了、过时了，我不想做一个反动的工厂主，我讨厌人剥削人”的时候，敏锐的观众会发现，导演弗朗索瓦·欧容其实并不是借此片来展示资产阶级小资的生活情调，相反，他对社会和生活有着更深刻的反思，虽不高声喊，但却是一个真正的、彻底的离经叛道者。

同样的一个故事，英国人会把它讲得冷酷和绝望、玩世不恭，美国人会把它变成豪气冲天的励志片，而只有法国人才擅长运用这么举重若轻的方式来探讨如此严肃的问题，他们可以把各种人性里冷酷自私的不美好的一面既真实地展现出来，又让你看完电影后心中轻松愉悦，对未来满怀希望。我一直觉得这是法国电影人非常令人佩服的一点，也是他们独特的诠释世界的方式，而导演弗朗索瓦·欧容则更是此中的高手。在电影中，他所塑造的普若夫人让人觉得特别有趣，特别有说服力，让人忍不住地去爱戴。

普若夫人开始的时候是一个完全传统的女性形象，而随着电影慢慢地展开，我们发现她不仅早早就出轨，还和别人生了私生子，而且很有管理天分，处理问题不慌不忙，淡定自如，总有自己的一套办法，真正掌握了工厂的大权之后，也依然是一派天真、优哉游哉的优雅模样。她喜欢漂亮男人，也不会约束自己，但是对儿女们极好，原谅他们所有的过错，她对工人体贴讲道理，总是用轻松幽默化解劳资双方的矛盾。

相比之下，父权的代表形象普若先生则生硬霸道，处理问题简单粗暴，动不动还要挥拳头，不仅仅对女性不尊重，对自己的儿子、女儿、工厂里的工人也同样的不尊重。我想我们很多人小时候都有这样的经历和感受，有时候爸爸搞砸的事情，其实最后是无所不能的妈妈来解决的。

导演显然对这父权的家长制社会深深地厌恶，他更像电影中儿子的角色，而随着故事的发展，欧容则更是干脆借儿子的口表达了自己“妈比爹靠谱，干脆把爸爸撵回家去，让妈妈来领导世界吧”的愿望。虽然在电影的最后，欧容让父亲最后夺回了工厂的领导权，但是却让妈妈走向了更广阔的天地。

好久不见凯瑟琳·德纳芙，已经是祖母级的人物，再次出现在观众的面前，还是那样的让人目不转睛。如果换作别的女人，在这个年龄还勾引卡车司机，只会让人觉得可怜和恶心，但是德纳芙那宛如天真少女般的眼神，却只会让人莞尔一笑。如果这是我们的妈妈，那么你只会为她的魅力而倾倒和骄傲，为她的强大却不失温柔的母性所折服。只有那些首先知道自己是谁、自己想要什么，并且坦然地去追求且有能力做到的母亲，才真正能够为儿女们撑起一片天空。

“今天我的梦想是撑起一把打伞，保护我周围的人们！为你们提供庇护，让你们得到关爱，因为你们都还只是孩子，我的孩子。为了你们，这就是我想最终成为的：妈妈。”在电影的最后，普若夫人对她的选民们发表演讲，我回忆起童年时那无所不能的母亲，想到小时候，有什么困难就丢给妈妈。你从来不知道妈妈是怎么干的，但是她就是神奇地把它们都解决了，屋子变干净了，破了的衣服整齐地缝上了，又开始有早餐吃了，无论是多么乱糟糟的地方，妈妈来过，一切就变得井井有条了……

于是我也情不自禁地想象了一下，由爸爸们掌握的世界是这样的粗暴和冷酷，也许，重回妈妈的怀抱是个不错的建议。这也并非是因为什么女权主义，只不过因为面对这复杂的世界，我也只想做个简单的孩子，让温柔、强大、万能的妈妈来处理这一切。

半旧的贵族

看到一个很好的问题，问为什么在《红楼梦》中，曹雪芹多次在描写物件、服饰时，都会用上“半旧”一词。

比如黛玉初次拜见王夫人时，描述王夫人屋里的陈设：

> 正面炕上横设一张炕桌，桌上磊着书籍茶具，靠东壁面西设着半旧的青缎靠背引枕。王夫人却坐在西边下首，亦是半旧的青缎靠背坐褥。

再比如宝玉出场一段，描述他的穿着，也是“身上穿着银红撒花半旧大袄，仍旧带着项圈……”。

其实王夫人这一段，我从前也看到有人讨论，说这说明王夫人表面风光，背地里过得寒酸，地位低，在贾家没有地位。

这种解读真是太可笑了。其实恰恰相反，只有真正的贵族，才会用半旧的东西。不过红楼梦毕竟是一部文字作品，如果大家真的更想得到直观的感受的话，我推荐大家去看《豹》这部电影。

《豹》的原著作者朱塞佩·兰佩杜萨出生在一个没落的贵族之家，他本人是世袭的兰佩杜萨亲王，《豹》中的萨利纳亲王正是以兰佩杜萨的曾祖父为原型。这部电影的导演卢基诺·维斯康蒂的父亲是公爵，母亲是大企业家之女。

正因为这两个人都是货真价实的贵族子弟，而这部电影讲述的又是一位亲王家里发生的故事，所以这部电影，不仅是一部可以说占据了天时地利人和的电影，也是一份最真实的独一无二的珍贵影像资料。

且不说电影的故事和人物，让我们回到“半旧”这个词。《豹》的拍摄地点是意大利真正的贵族宫殿和府邸。整部电影中我们能看到的贵族们的吃穿用度，都是半旧的。我还记得我第一遍看这部电影时，从第一个镜头开始赞叹：天啊，这个窗帘也太好看了，这个地砖太美了吧……

所以这部电影，也最直观地回答了本文开头提出的那个问题。其实越是好的东西，越是扛得起岁月的侵蚀，经得起折旧的。一件家具，用的是最好的木料，请的是最好的设计和匠人，那么这件家具，旧了也根本不丑，不过时，还是一件好东西。除此以外，还有一个大家很少会用来衡量一件物品真正价值的标准——时间。好的设计和精致的工艺，是需要经过大量的时间来打磨的。按照单位生产时间的理论来说，好东西的单位时间必定是很长的，但是手工艺人也得吃饭，养活一家老小，所以他给王公贵族做一件物件的工钱，必须是给普通人做十件的价钱。

就拿爱马仕的制作流程来举例吧。现在我们在网上买的那些很便宜的、颜色鲜艳的、工业化生产的丝巾，是用电脑设计好之后，直接用化学颜料喷印在丝巾上的。而爱马仕用的是人工套印的技术。用矿物质研磨的颜料，先套一层颜色，等这个颜色自然干透，然后再套印另一个颜色。

假如一条丝巾有四十几种颜色，那么一条丝巾被制造出来，可能就需要花很长时间，所以它产量肯定少，但是由于用料和工艺，这丝巾会很久都不掉颜色。而且即使旧了，因为它是天然的矿物颜料染色，那个颜色变旧之后也依然非常漂亮。

《红楼梦》里贵族们穿着半旧的袄子，其实恰恰说明他们穿得好。一件袄子要做很久，很精致，用料很讲究，这样做出来的东西，在变得半旧之后，才依然是好东西，那不是穷人能想象的。

新袄子容易做，好袄子难做啊。都说一分钱一分货，其实按照单位时间劳动成本来算，我更喜欢说，一分钟一分货，你在做一件东西上用了多少时间，花了多少精力，才是决定了这个东西真正的价值。

可能有人问了，旧东西有什么好呢？穿新的，用新的，不是才显得你富贵吗？

这么说吧，簇新的商品，没被人用过的，都不过是个物件，是一样的。这些东西只有经过人的使用，才沾上人气儿，变成独一无二的存在。东西会由于每个主人的生活习惯不同，变得不一样起来。关于这一点，最好的解释其实是福尔摩斯探案。福尔摩斯从一件物品可以判断出这个东西的主人的生活细节。就是出于这个原因，你若把一件簇新的东西塞到他手中，他也说不出什么来。

大家可以翻看一下自己用了很久的东西，它们都是带着你自己的印记的。所以好东西可以很朴素、不奢靡，但是都扛得住“半旧”，就是这个道理。现在这个时代流行快消品，只有一两年的寿命，用旧了就会变成一堆破烂，大家顺手就扔掉了，然后再买新的，哪儿还能承载什么睹物思人的意义啊。

但是真正的好东西，恰恰是扛得起旧，可以由奶奶传给妈妈，妈妈再传给孩子，这些东西才会成为古董。

所以，大家把暴发户叫作“new money”。若不是刻意去置办，在新贵的家里，是翻不出几件像样的半旧物品的。

前两天看到一句话，大意是，所谓贵族气质，就是欲望满足后淡淡的厌倦。这句话非常有意思，也有一点半旧的味道。所以真正的贵族，从内在到外在，你是模仿不来的，也不用模仿，不用向往。但可以了解，可以欣赏。

我想这才是电影世界的美好，它会让我们的见识越来越开阔。

图书在版编目（CIP）数据

只愿你曾被这世界温柔相待 / 水木丁著 .-- 北京：北京十月文艺出版社，2022.8
ISBN 978-7-5302-2248-5

Ⅰ.①只… Ⅱ.①水… Ⅲ.①随笔－作品集－中国－当代 Ⅳ.①I267.1

中国版本图书馆 CIP 数据核字（2022）第 119264 号

只愿你曾被这世界温柔相待
ZHIYUAN NI CENG BEI ZHE SHIJIE WENROU XIANGDAI
水木丁 著

出　　版　北京出版集团
　　　　　北京十月文艺出版社
地　　址　北京北三环中路 6 号
邮　　编　100120
网　　址　www.bph.com.cn
发　　行　新经典发行有限公司
　　　　　电话（010）68423599
经　　销　新华书店
印　　刷　山东韵杰文化科技有限公司
版　　次　2022 年 8 月第 1 版
　　　　　2022 年 8 月第 1 次印刷
开　　本　880 毫米 ×1230 毫米　1/32
印　　张　9.5
字　　数　170 千字
书　　号　ISBN 978-7-5302-2248-5
定　　价　58.00 元
质量监督电话　010-58572393
如有印装质量问题，由本社负责调换。